D1521568

CORÍN TELLADO

Se lo cuento a mi amigo

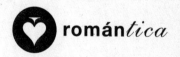 **román**_tica_

Título: Se lo cuento a mi amigo
© Corín Tellado, 2003
© Ediciones B, S. A.
© De esta edición: octubre 2003, Suma de Letras, S. L.
Barquillo, 21. 28004 Madrid (España) www.puntodelectura.com

ISBN: 84-663-0978-0
Depósito legal: B-36.563-2003
Impreso en España – Printed in Spain

Cubierta: MRH
Fotografía de cubierta: GETTY IMAGES
Diseño de colección: Ignacio Ballesteros

Impreso por Cayfosa-Quebecor, S. A.

CORÍN TELLADO

Se lo cuento a mi amigo

*Tienen por imaginación los tales (celosos)
que lo que las mujeres de otros hicieron con ellos,
han de hacer sus mujeres con otros.*

A. DE GUEVARA

1

Tati Junquera oyó el llavín en la cerradura y se quedó con el lápiz en alto. Tenía ante sí un montón de exámenes que corregir y aún iba por la mitad. Por lo visto su marido no había salido a tomar el café después de la consulta.

Le imaginó colgando el abrigo en el perchero y casi enseguida oyó su voz hablando con la sirvienta.

—¿Ha venido mi esposa?

—Sí, señor, está en el despacho trabajando.

Todas las puertas estaban abiertas, de modo que Tati vio la silueta alta y delgada de su marido como avanzando en las sombras. Debido a la luz que colgaba sobre la mesa y que iluminaba los ejercicios, Tati no veía bien a Bernardo. Pero éste debía verla a ella perfectamente, y cuando su figura se cuadró en el umbral permaneció quieta un segundo.

«Seguro que se le habrá pasado el mal talante», pensó Tati un tanto cansada.

Se quitó las gafas de gruesa montura y alzó la cabeza.

—¿Qué haces? —preguntó él.

Y se acercó para besarla.

Tati dobló la carpeta dejando una señal y se levantó perezosa. Estaba cansada. Le encantaba la historia pero, a veces, los chicos en sus exámenes no decían más que disparates y casi, casi, la atrofiaban.

—Hola —saludó.

Y Bernardo la besó ligeramente en los labios.

Tati no hizo nada por apretar el beso, pero sí que intentó mirarle a los ojos. Hacía tiempo que Bernardo no miraba de frente y era desde que le entró la manía de los malditos celos.

—Es raro que no hayas ido hoy hasta el club a tomar el café.

—Venía a preguntarte si quieres acompañarme.

—¿Con esto?

Bernardo apenas si lanzó una desdeñosa mirada hacia la carpeta cerrada y señalada con una hoja de papel.

—Eso me tiene sin cuidado —adujo y dio a su voz el mismo desdén de la mirada—. No acabo de entender tu postura. ¿No gano yo suficiente?

«No se le ha pasado el mal humor», pensó Tati. Pero maldito si no hizo nada por evitarlo o ablandarlo.

Estaba harta de aguantar situaciones absurdas.

—Comprenderás —dijo— que no he estudiado una carrera y hecho unas duras oposiciones para quedarme en casa esperando tu regreso.

—Cuando nos casamos…

—No empecemos. Cuando nos casamos no nos hemos dicho nada al respecto. Yo me presenté a la cátedra y la gané. ¿Qué podía hacer? Y menos mal que tuve la suerte, la enorme suerte, de ser destinada aquí mismo. Lo peor sería que me destinaran a otro lugar y tú tuvieras que levantar tu consulta de médico para llevarla a otro sitio.

—Yo no me habría movido de aquí. Desde que me establecí decidí trabajar en esta capital. Tendrías que renunciar tú.

—¿Qué demonios tienes tú contra mi profesión?

—Demasiados hombres, demasiados roces ajenos, demasiadas salidas. ¿Por qué tengo yo que fiarme de tu conducta?

—Yo me fío de la tuya —dijo Tati sosegadamente— y, sin embargo, eres médico de mujeres.

Él se revolvió inquieto.

—¿Qué pasa con mis enfermas?

—Nada. A mí eso no me da frío ni calor.

—Será porque no me quieres lo suficiente.

—¿Otra vez con la misma cantinela, Bernardo?

—Siempre será igual. Te digo que no me gusta tu trabajo, que deseo que renuncies, que pidas la excedencia. Si te lo pido yo, ¿no es suficiente?

Tati se armó de paciencia.

Mañana y tarde siempre con lo mismo. ¿Cuándo empezaría Bernardo a ser normal, a ver las cosas civilizadamente?

—Siendo novios, jamás estuviste contra mi carrera y saqué las oposiciones el mismo año que nos casamos, y la luna de miel fue corta debido a las clases. ¿O es que te has olvidado?

—Más a mi favor. Yo podía cerrar mi consulta el tiempo que quisiera, y si estuvimos dos semanas escasas por ahí fue por ti.

—Lo siento —cortó Tati, que no tenía, precisamente, mucha paciencia—. ¿Por qué no te vas a tomar una copa con los amigos y tu club y me dejas terminar? Tengo mucho que corregir y la evaluación es pasado mañana.

—Si me voy comeré por ahí con la pandilla de amigos. De modo que elige, o nos vamos juntos al teatro después de comer, o me largo ahora.

—Puedes irte.

* * *

Eran las siete escasas, pero con la llegada del invierno oscurecía enseguida. Tati se levantó y apagó la luz que iluminaba su mesa de trabajo para encender la central y ver mejor así a su marido.

Era un tipo alto y delgado, vestido de modo clásico, traje oscuro, camisa blanca, corbata... Moreno, de pelo y ojos negros. Tez pálida.

Ella era una muchacha joven, no más de veinticinco años, esbelta y delgada, bastante alta. Tenía el pelo castaño claro y los ojos canela. Una nariz recta y una boca grande, de sonrisa abierta, muy alegre. Pero en aquel instante sus largas comisuras se fruncían.

Llevaba dos años casada y casi enseguida de casarse y empezar a dar clases como catedrática de historia, Bernardo empezó a celarse de fantasmas.

Ella jamás se había celado de él.

Se casó enamorada, pero Bernardo no resultó el hombre apacible y sereno y apasionado que ella esperaba.

Bernardo era un tipo quisquilloso, sacando punta a todo y pensando en los fantasmas que le rodeaban.

No era así la comprensión matrimonial.

Al menos eso era lo que ella pensaba.

Les sobraba tiempo para quererse y se quisieron de verdad, pero Tati empezaba a pensar que Bernardo o la quería demasiado o era un embustero y pensaba que todo el mundo cojeaba del mismo mal. Ella, por su parte, no sentía hacia él el entusiasmo que la llevó al matrimonio.

Su padre, buen conocedor del alma humana, se lo decía muchas veces antes de casarse: «Espera. ¿Qué prisa tienes? Cuando lo conozcas mejor, te casas». Se casó sin conocerlo tanto.

A la sazón le pesaba.

Muchas veces, en los recreos, se lo contaba a Nicolás. No podía guardarse para sí aquellas diminutas desilusiones que a la larga se hacían como montañas de desilusiones.

Nicolás lo entendía perfectamente, y es que en el último año de carrera se conocieron en la Facultad.

Ella empezaba y él terminaba. Después coincidieron ya de catedráticos los dos. Ella de historia y él de literatura. ¡También fue casualidad!

Nicolás era estupendo. Estaba lleno de comprensión, buenos consejos y mayor buena voluntad.

—O sea, que no vienes —dijo Bernardo interrumpiendo sus pensamientos.

—Me es imposible. Si dejo esto colgaré a mis alumnos el día de la evaluación, y me gusta ser justa. Tengo que entregar las actas pasado mañana, ya te lo estoy diciendo.

—¿Y pretendes que no reniegue contra tus alumnos?

—Yo no reniego contra tus clientes.

—Eso es cosa tuya. Para bien ser, un matrimonio como el nuestro debiera trabajar unido.

—No me digas que tú quisieras ser catedrático o pretender que yo sea tu enfermera.

—Pues esto último no estaría nada mal.

—Por favor...

— Yo me marcho. No me esperes a comer.

—Irene tiene la comida hecha para los dos.

—Pues come tú sola. Te digo —y la apuntaba con el dedo enhiesto— que el asunto no me agrada.

—¿Qué asunto?

—Tu carrera. Tus amigos, tus compañeros. ¿Por qué una mujer tiene que estar donde no hay más que jóvenes y profesores? Casi todos hombres.

—Y mujeres. Antes teníais el privilegio de llevaros los hombres todos los puestos en todas las profesiones, pero, gracias a Dios, ahora se nos empieza a dar el lugar que nos corresponde.

—Además feminista.

—No del todo, pero sí lo suficiente para decirte que estás desfasado.

—¿Desfasado yo porque intento defender la tranquilidad de mi unión matrimonial?

—¿Y quién la altera?

—Tú, por supuesto. Tú con tus alumnos y tus amigos.

—Si ni siquiera sabes si los tengo.

—Me lo imagino.

—Ah, tu imaginación.

La miró furioso.

—¿Acaso me equivoco?

No.

Pero no porque lo viera. ¿Qué sabía él de su vida en el instituto si nunca había ido y tampoco le daba pie a ella para que le contara sus peripecias?

—Lo mejor es que tengamos la fiesta en paz.

—Porque te conviene a ti.

—¿Qué hice ahora que está mal hecho?

—Es que lo haces siempre. No me gusta tu profesión. ¿No es suficiente?

—Supongo que tendrás que exponer las causas.

—¿Otra vez? Las llevo exponiendo desde un principio.

—Pero no cuando yo preparaba mi cátedra y nos conocimos.

—Nunca pensé, y te lo dije en todos los tonos después, que la sacaras y menos aún que hicieras uso de ella.

—Suponte por un momento que tú me faltaras. Eso como primera medida. Lo segundo podría ocurrir que termináramos separándonos.

¿Qué pasaría? ¿Tendría que vivir el resto de mi existencia de tu caridad?

Bernardo, impaciente, dio una patada en el suelo.

—Bueno, yo ya dije lo que tenía que decir al respecto. De modo que deja eso y sal conmigo o me largo solo.

—Que te diviertas.

—No pensarás que después de estar encerrado en la consulta todo el día, voy a quedarme en casa mirando cómo tú trabajas.

—Eso es cosa tuya. Yo cuando vengo de mi trabajo, lo único que deseo es descansar y no siempre lo consigo. Como tú. A veces te llaman de aquí o de allá y no estás.

—Lo que yo haga que te tenga sin cuidado. Más pronto o más tarde siempre cumplo con mi deber. Aquí no tratamos eso. Lo que discutimos todo el día es la cátedra tuya, y yo no quiero que trabajes.

—Y pretendes que me quede aquí esperando que tú termines tu consulta.

—Y que estés despejada para acompañarme.

—Y que no me realice como persona.

—¿No te basta realizarte como mujer?

Bueno, de eso había mucho que decir.

Ella nunca se sintió realizada como mujer. Bernardo no era el hombre que ella esperaba ni mucho menos.

Celoso, pendenciero, absurdo a veces, pasivo las más.

Muchas veces se le pasaba por la mente dejarlo.

¿Por qué no?

No tenía hijos. ¿Quién se lo impedía?

—Ya veo que no piensas responder, de modo que me marcho.

Se fue.

Tati, aparentemente tranquila, encendió la luz que daba contra la mesa de trabajo y apagó la central volviendo a su sitio ante la mesa.

2

Corrigió varios exámenes correctos, perfectos casi. Les puso una puntuación alta. Después corrigió otro mediocre y confuso, pero tuvo la humanidad de recordar al muchacho. No tenía demasiadas luces y para él aquel examen era una heroicidad, lo que significaba que no debía suspenderlo, pero le puso una puntuación de aprobado, simplemente.

Estaba en el trabajo que hacía, por supuesto, pero pensaba en mil cosas.

En cuando conoció a Bernardo y cuando se enamoró de él.

Ella hizo una carrera brillante y, aconsejada por su padre, mientras hacía la carrera preparaba ya la cátedra, de modo que la sacó pronto. Dos veces se examinó, cuando la mayoría se examinan veinte y se conforman con quedarse en ayudantes.

A los veintitrés años era catedrática, cosa insólita, pero así fue.

Otras chicas a esa edad aún andan rodando por la universidad. Ella no. A los veintiuno tenía la carrera terminada y además preparada para presentarse a exámenes de cátedra. No fueron fáciles. Lo reconocía. Pero cuando Bernardo se casó con ella ya estaba lista y no dijo ni pío. Hacía leves alusiones en contra, pero nada más.

Sin embargo, de un tiempo a aquella parte, las cosas no iban bien. Lastimaba que su padre no estuviera en la capital. Casada ella, su padre, viudo joven, pintor de profesión, vendiendo sus cuadros a precios elevados andaba de un lado a otro. Tan pronto vivía en Madrid como se desplazaba a Italia o se pasaba un invierno en París.

Lastimaba. Su padre siempre la entendió y nunca estuvo muy de acuerdo con que ella se casara con Bernardo.

Pero lo cierto es que ella se casó y pensó que iba a ser feliz. Pero las cosas no fueron nunca bien.

Bernardo, ya en el viaje de novios, resultó desconcertante. Se celaba si la miraban. Se ponía furioso si iban a alguna parte y la saludaban amigos. Tenía muchos. Si era oriunda de aquella capital de provincias, lo lógico era que tuviera amigos.

Él no era de allí. Procedía de León y se había establecido como médico en la capital. No era mal médico ginecólogo, pero como hombre dejaba mucho que desear.

Siguió corrigiendo, cuando Irene se plantó en la puerta.

—La llaman por teléfono.

Levantó vivamente la cabeza.

—¿A mí?

—Sí, señora.

—Páseme aquí la comunicación.

Y se recostó en el sillón, asiendo el auricular. Cuando oyó el chasquido que producía la palanca, dijo:

—Diga.

—Hola, Tati.

—Papá...

—¿Cómo estás, muchacha?

—Bien, bien. ¿Cuándo has llegado? —y se le iluminaban los melados ojos.

—Ahora mismo. No hice otra cosa que dejar el equipaje en medio del estudio para llamarte. Vengo de Londres. Estuve seis meses dando vueltas por el mundo, viendo cosas. Pero como tenía firmada aquí una exposición no tuve más remedio que volver.

—¿Cómo te ha ido por esos mundos?

—Ya sabes cómo soy. A mí me va bien en todas partes. Sé adaptarme.

Era lo que no sabía Bernardo.

Por eso ella notaba tanto el contraste.

—¿Estarás mucho tiempo por aquí?

—Pues sí, bastante. Por lo menos dos meses. Cuando hablé contigo la última vez desde París, creo haberte dicho que vendría en esta época debido a la exposición que tenía firmada.

—Sí, creo que me lo habías dicho, pero me había olvidado.

—¿Y tu marido? ¿Ronda por ahí?

—No. Ha salido.

—¿Trabaja mucho?

—Supongo que sí.

—¿Sólo supones?

—No, no, tengo la certeza.

—¿Y tú?

—Yo en el instituto. Ya sabes, andamos liados siempre con problemas, pero vamos tirando.

—No te noto muy entusiasmada.

No lo estaba nada. Al contrario, andaba aburrida y desilusionada.

Mil cosas tenía en contra.

Su situación matrimonial no era nada clara.

Bernardo siempre sacando punta a todo y haciendo del hogar una inquietud y de la convivencia un problema.

Ella era más sencilla.

Bernardo parecía un problema en sí mismo.

—¿Me equivoco?

—¿Qué dices, papá?

—Que las cosas no van como tú quisieras.

—Los dos primeros años de matrimonio nunca fueron fáciles para nadie.

El padre lanzó una risita.

—Según. Hay para quienes es una maravilla desde un principio.

Pues a ella no le ocurrió.

El padre, como si olvidara aquel asunto, preguntó en seguida:

—¿Cuándo nos vemos?

—¿Comemos juntos mañana?

—¿Dónde?

—En cualquier parte. A la una dejo el instituto. Tengo clase a las doce.

—Entonces podemos tomar el aperitivo en alguna parte y después comer juntos. ¿Solos o con tu marido?

—Mi marido está en la Seguridad Social hasta las doce y después tiene consulta hasta las dos.

—De acuerdo, pues díselo.

—¿Decirle qué?

—Que si quiere venir a comer con nosotros.

—No irá. Pero se lo diré. Yo sí estaré en el club de tenis a las dos menos cuarto.

—Te preguntaré muchas cosas. Lo sabes, ¿no?

Tati no pudo por menos de sonreír.

—Me lo imagino.

—Sobre ti misma y sobre tu matrimonio.

—Supongo.

—Y tú podrás preguntarme a mí. Tati, tengo ganas de verte.

—Y yo a ti, papá.

—Entonces mañana a la una y media te estaré esperando en el club de tenis. Ya sé por qué me citas en ese lugar.

—Porque sé que te gusta.

—Exactamente. Es un club tranquilo y me conocen, de modo que reservaré una mesa apartada y podremos decirnos cosas. También podría citarte en el estudio, pero veo que esto está revuelto y lleno de cuadros. Durante seis meses me pasé semanas enviando cuadros. Veremos qué acogida tiene la exposición.

—Estoy segura de que, como siempre, excelente.

—Lo necesito para levantar un poco el ánimo alicaído.

—¿Tú alicaído?

—Alguna vez tengo depresiones, no creas.

—Mañana hablaremos.

* * *

Quedó como más contenta.

Ella siempre fue, además de hija, una gran amiga de su padre. Su padre era un hombre cam-

24

pechano, sencillo y cariñoso. Un trotamundos, eso es verdad, pero cuando ella vivía con él viajaba mucho menos. Sobre todo cuando era más pequeña no viajaba nada, y si lo hacía era en verano y la llevaba con él.

Nunca podría olvidar ella aquellos viajes, aquellas gentes bohemias que trataba su padre. El ambiente aventurero en que vivía.

Se quedó viudo joven y no volvió a casarse. Seguro que tenía amigas. Su padre tenía un carácter abierto y resultaba simpático a la gente y gustaba a las mujeres. Pero ella nunca se preocupó de aquella vida íntima de su padre a la cual creía que tenía todo el derecho del mundo.

Sí que le hubiese molestado que se casara de nuevo, porque nunca olvidó a su madre y no deseaba que otra ocupara su lugar. Pero una cosa era permanecer viudo y otra vivir sin amores y aventuras pasionales, de esas que su padre tenía la tira.

Y hacía bien.

Lo comentaba ella con Nicolás alguna vez.

Nicolás siempre le decía que le agradaba la pintura de su padre, cuya sencillez rayaba en lo intrincado aunque pareciera un absurdo contraste.

Es verdad que el nombre de su padre se mencionaba con frecuencia.

En la prensa, en las revistas. A lo mejor ella no sabía nada de él en meses y de repente lo veía reflejado en una revista social, cultural o política.

Irene interrumpió sus pensamientos apareciendo de nuevo como una sombra y advirtiéndole que tenía la comida lista.

Y aún añadió:

—¿Esperamos al doctor?

Tati recogió sus cosas, dobló la carpeta y dejó para después la terminación de aquel trabajo de corrección y dijo que no.

—Comeré sola —dijo.

Y se fue hacia el comedor.

El piso era amplio. Y en el mismo rellano, en la puerta de enfrente, tenía Bernardo la consulta.

Pocas veces había estado ella allí, y eso que tenía una puerta de comunicación por dentro. La verdad es que no disponía de demasiado tiempo. Tenía clase por la mañana y por la tarde. Por la mañana a un curso y por la tarde a otro y después conferencias, reuniones y asambleas y cosas por el estilo.

Pero los sábados y domingos no hacía nada. Es decir, sí, salía con Bernardo o sola.

Era lo que descomponía a su marido. Que saliera sola, pero es que él alguna vez tenía que hacer y en aquellos dos días de asueto le gustaba el deporte y se iba a jugar al golf.

Era su deporte favorito.

En cambio Bernardo no era nada deportista. Pero Nicolás sí, y ella jugaba con él muchos sábados por la mañana.

Se citaban ya el día anterior.

Nunca le había dicho a Bernardo que tenía aquel amigo espiritual. ¿Para qué?

Si se celaba de los mismos alumnos, ¿qué no haría de un catedrático compañero suyo?

Se sentó a la mesa y comió en silencio servida por Irene.

Cuando ella se casó con Bernardo, éste ya tenía la misma muchacha. Una mujer de unos cuarenta años o más, diligente y buena persona. Callada, reservada, que no se gastaba por la lengua, pero que trabajaba a la perfección y siempre estaba haciendo una cosa u otra y, además, cocinaba de maravilla.

No, ella con el servicio no tenía problemas. Por la mañana tenía otra mujer para la limpieza de la casa, pero se iba nada más terminar y nunca dejaba las cosas al gusto de Irene.

Pero ella no se metía en aquellas menudencias.

Allá ambas.

Nunca le causaron problemas, eso sí. Si discutían era en voz baja y entre ellas, pero al final siempre llegaban a un acuerdo, porque según ella veía, la sangre no llegaba al río.

Se alegraba de que llegara su padre. Era un consuelo tenerlo cerca y poderle contar sus cosas.

Claro que tratándose de su padre no sería preciso contar demasiadas.

Su padre tenía una intuición especial en leer lo que se callaba, lo cual no dejaba de tener sus desventajas.

Y las tenía porque con frecuencia ella prefería guardar para sí aquellos tontos asuntos de Bernardo.

Aquel enfadarse por todo, aquel buscarle punta a las cosas más nimias, aquel discutir sin razón.

¿Falta de amor?

¿O demasiado amor?

Muchas veces no sabía cómo calificarlo. Desde luego, no salió como ella esperaba.

Faltaba emoción a su matrimonio.

Todo era demasiado rutinario.

Bernardo le hacía el amor dos veces por semana, los mismos días, y los otros días se los pasaba gruñendo. ¿Por qué tendría la gente que ser así?

Ella no era así.

Ella era apacible, y le hubiera gustado llevar una vida sosegada, fuerte, emocional, temperamental y al mismo tiempo equilibrada. Con Bernardo nunca se sabía por dónde iba a salir.

3

Lo sintió llegar.

Aún leía tendida en la cama paralela a la de su marido.

Automáticamente miró la hora. Las doce.

Tampoco eso a ella le importaba demasiado. Se preguntó si el no importarle nada suponía falta de interés y amor.

Puede.

Pero, de momento, era mejor así.

¿Hasta cuando?

A Bernardo lo conoció en un club, donde se lo presentaron algunos amigos. No era un niño Bernardo, por eso le gustó. Tenía por lo menos treinta y dos años, y según parecía había recién llegado de su ciudad natal buscando nuevos horizontes. Se había establecido allí poco tiempo antes y según parecía venía precedido de fama, de modo que le costó poco coger clientela, y cuando logró la entrada en la Seguridad Social, no había que pensar en moverlo de allí.

Claro que ella tuvo la suerte de que le tocara la cátedra en la misma capital de provincia, pues de no ser así, no sabía cómo se iban a arreglar las cosas.

Ya tenía la cátedra cuando se casó con Bernardo, y cuando le dijo a su padre que se casaba con aquel chico médico, el padre dijo que pensaba averiguar quién era y cómo era.

No debió gustarle a su padre lo que averiguó, porque un día la citó a comer y se lo dijo:

—Es mejor que dejes a ese chico. Es algo maniático.

—Yo lo veo normal.

—Pero yo te digo que tiene sus manías.

—Pero, papá...

—Yo te lo advierto, después haz lo que gustes.

Claro que lo hizo. Se casó con él al año justo de conocerlo.

¡Tres años ya! Uno cortejando y dos casada.

Mientras fue su novia, Bernardo se comportó normal, ni más ni menos que como cualquier otro novio. No era demasiado apasionado, pero tampoco discutía y parecía tener buenas costumbres, y era cálido amándola.

El destino le vino después de casada.

Fue cuando Bernardo empezó a ponerse pesado.

Que si él ganaba suficiente, que no le gustaba que saliera tanto de casa, que si esto, que si aquello.

Y para colmo se topó en el instituto con Nicolás.

Nicolás era un tipo de unos treinta años, que terminaba la carrera cuando ella la empezaba, pero que siempre tenía algo que decirle en la cafetería de la Facultad.

Ella se menguaba porque entonces Nicolás era un hombre y ella una cría.

Y Nicolás se reía cariñoso de su encogimiento.

Es más, un día cuando estaba tomando un café en la cafetería, él le dijo con grato acento:

—Me gustas mucho y cuando sea catedrático, te pediré que seas mi mujer.

Ella recordó mucho aquellas frases.

Entonces era una sentimental y leía novelas románticas y todo eso.

Después, de repente, dejó de ver a Nicolás y cuando lo encontró, ella estaba casada y Nicolás era catedrático de literatura en el mismo instituto donde ella lo era de historia.

Se miraron asombrados.

Nicolás había dicho de modo raro:

—Cómo pasa el tiempo. No has perdido ni una asignatura, porque para estar aquí ya...

Ella añadió rápidamente.

—Y además casada.

—¿Cómo? ¿Casada tú?

—Sí.

—Vaya, vaya.

Y se había quedado pensativo.

Pero después se hicieron grandes amigos.

Realmente era la única persona que sabía que las cosas en su matrimonio no iban nada bien.

Se lo contaba todo.

Es más, a veces estaba deseando terminar la clase e irse a la cafetería para toparse con él.

Nicolás, además, no tenía vicios, pero sí que era muy deportista y socio del club de golf, porque a la sazón el golf ya no estaba reservado sólo para la élite, sino que poco a poco iba practicándolo todo el mundo.

Pasaba como con el tenis.

Años antes lo jugaban unos pocos privilegiados, pero a la sazón era un deporte de todos.

Las cosas iban cambiando y eso tenía sus ventajas.

Oyó los pasos de su marido por el pasillo, y sin cerrar el libro se quedó recostada en los almohadones como estaba.

Tenía una luz tenue sobre la mesita de noche y al otro lado de la misma la cama de su marido.

Nunca hablaron de aquel asunto, pero lo cierto es que a la hora de comprarse el dormitorio adquirieron dos camas.

Otra cosa contra la cual trinó su padre.

«Dos camas es como separar al matrimonio inmediatamente de casarse.»

En cierto modo su padre, sobre el particular, era algo anticuado.

Ella prefería aquella independencia.

* * *

Dio las buenas noches y se despojó de la chaqueta.

Luego se sentó en el borde de la cama de espaldas a ella y procedió a despojarse de los zapatos.

—Estaban las esposas de mis amigos —comentó—. Debiste venir.

—He logrado terminar de corregir y eso es importante. Hasta otra evaluación tendré más tiempo.

—Yo siempre ando solo.

Porque quería.

¿A qué iba?

¿Por qué no se ponían de acuerdo y se adaptaban a los días libres de uno y otro?

Pero Bernardo no. Hacía lo que gustaba.

Al principio a ella le sentó mal. Después se fue acostumbrando.

De todos modos Bernardo seguía gruñendo por todo.

—Ha llegado mi padre —dijo.

Bernardo se había levantado y descalzo, con los pantalones medio cayendo, se iba hacia el baño llevando el pijama apretado bajo el brazo.

—¿Sí?

—Sí, mañana estoy invitada a comer con él.

Bernardo se detuvo en la puerta del baño y lanzó su mirada oscura hacia ella, como interrogante.

—¿Tú sola?

—Y tú, si quieres.

—Sabes de sobra que a esa hora yo no estoy libre.

—No he dicho a qué hora iría.

No cabía duda.

Había falta de comunicación entre ellos.

Faltaba algo.

Y lo peor es que casi faltó desde un principio.

—Supongo que a las dos o menos.

—Quedé a la una para tomar el aperitivo con él.

—A esa hora yo estoy trabajando.

— Pero podríamos esperarte en el club de tenis hasta las dos.

Entró en el baño sin responder.

Tati oyó los grifos y después el zumbido de la ducha.

Al rato lo vio salir enfundado en el pijama de rayas y descalzo por la moqueta azul.

—No me gusta ese club —dijo como si ella aún estuviera repitiéndole a donde iría—. Nunca me agradó.

—A papá, en cambio, le encanta.

—Pues id los dos. Pero sigo pensado que es desagradable.

—¿El qué? ¿El que coma un día con mi padre a quien no veo desde hace seis meses?

—Que vayas sin mí. No tienes por qué hacer esa vida como si estuvieras soltera.

—¿Qué es lo que temes tú?

—Pues eso.

—¿Eso qué?

Se perdió en su lecho.

Bostezaba y decía a regañadientes:

—¿Vas a estudiar o a leer mucho tiempo?

—No. Pero estaba preguntando a qué «eso» te referías.

—Que tú vas por un lado y yo por otro. No es normal.

—Yo tengo mis ocupaciones y tú las tuyas y cuando vuelves a casa te marchas. La que se queda en ella soy yo.

—Corrigiendo cuadernos o estudiando.

—Porque tú te vas. Si te quedaras buscaría otro momento para hacer mis cosas.

Bernardo se acostó del todo y preguntó de nuevo si no apagaba la luz.

Tati, por su parte, se preguntó a sí misma qué cosa se rompía allí. Si tendría ella la culpa o la tendría su marido.

No había ilusión.

Ni entusiasmo, ni pasión, ni nada. Una vaciedad absoluta.

Se preguntó también si Bernardo sería tan simpático con sus enfermas.

—Seguro —dijo él desde su almohada— que vas al instituto porque te gusta y tendrás allí tus amigos.

—Sin duda los tengo.

Como ella no había apagado la luz, volvió la cara y la miró ceñudo.

—Eso es lo que no soporto.

—¿Que tenga amigos de mi profesión?

—¿Qué haces con ellos?

Tati arrugó el ceño.

—¿Y que cosa puedo hacer?

—De todo. ¿O no? No me gusta en absoluto la amistad de los hombres y las mujeres.

—¿Es que tú cortejas a tus clientes? —preguntó desabrida.

Bernardo se desconcertó un poco. Después sacudió la cabeza gruñendo.

—¿Qué estupideces dices?

—Te lo pregunto porque si tú crees que mis compañeros pueden cortejarme, de igual modo puedo pensar yo de tus clientes. Pero no se me ocurre pensarlo, porque tampoco se me ocurre hacerlo a mí. Si no lo hago yo, ¿por qué voy a pensar que lo haces tú?

Era un buen razonamiento.

Pero no le iba a Bernardo. Sus razones tendría.

Razones que ella, por supuesto, no compartía.

—Yo no me fío de nada ni de nadie —le oyó decir furioso—. Eres guapa, joven e inteligente, y te pasas la vida entre hombres. ¿Por qué voy a creer que pasan a tu lado sin mirarte?

Tati podía enfadarse.

Pero eso lo hizo el primer día que él se lo dijo y, desde entonces, como lo decía todos los días a una u otra hora, ya estaba curada de espanto.

Pero eso sí, poco a poco, paulatinamente, iba enfriando sus relaciones.

Si Bernardo hiciera aquellas protestas amorosamente, pero no, lo hacía con una frialdad escalofriante, y ello iba minando la mente femenina.

Siempre fue honesta, casada y soltera, pero pensaba que si un día, por lo que fuera, se enamorara de nuevo y mejor, no dudaría en mandar a paseo a Bernardo. Además, si le era fiel, era porque no estaba enamorada. Lo estuvo de su marido cuando se casó, pero dudaba que lo siguiera estando en aquel momento.

—Pueden mirarme, que eso a mí me tiene sin cuidado, pero nada más. ¿Es que estás dispuesto a llegar a casa y armarla de nuevo?

—¿Y por qué voy yo a creer en ti?

—Yo creo en ti y seguramente que dejas bastante que desear sobre el particular, porque de otro modo me dejarías en paz. A veces pienso que a ti te pasa aquello de que «Piensa el ladrón que todos son de su condición».

—Será mejor tener la vida en paz —gruñó.

Y después añadió de mal talante:

—¿Apagas o no la luz?

—A este paso, un día cualquiera tendré que irme a dormir a otro cuarto.

Él no respondió.

4

Nicolás Vullar era un tipo fuerte y ancho. No demasiado alto, pero sí sumamente interesante y con aspecto de buena persona. Lo era realmente. Hasta sus alumnos lo apreciaban, cosa no siempre frecuente en un catedrático. Le consultaban sus incipientes asuntillos amorosos, y si tenían problemas generacionales con sus padres, también buscaban la ayuda del profesor.

Nicolás siempre tenía razones, consejos acertados; amansaba muchos ánimos exaltados. Era apolítico pese a que el centro docente estaba muy politizado y había encontrado ideologías y rencillas por tales causas. Él no pensaba pasar de catedrático ni quería la dirección del centro, la cual le ofrecieron más de una vez. No eran centros pacíficos los institutos ni tampoco quería granjearse antipatías dirigiendo, por tanto vivía bien como vivía.

Tenía sus pesadillas particulares, pero ésas eran muy suyas y no las sabía nadie. Ni siquiera Tati.

Bueno, lógicamente, Tati menos que nadie.

Vivía solo porque no tenía familia y ocupaba un piso amplio que le dejaron sus padres al morir. Estuvo primero destinado en otra ciudad y hacía cosa de tres años le enviaron a su ciudad natal porque lo tenía solicitado bastante tiempo antes. Por supuesto, si supiese que iba a encontrarse con Tati, no lo habría hecho. Pero las cosas ya estaban así y no tenían arreglo.

Poseía algún dinero heredado de sus padres y una muchacha de sesenta años que cuidó de su casa y seguía cuidando de él.

Contaba treinta años y andaba pensando en buscar esposa y casarse cuando apareció Tati de nuevo en su vida.

Fumaba en aquel instante pensando en todo, cuando apareció Tati con la carpeta bajo el brazo, sonriente y con aquel aire femenino, con una clase especial.

Vestía pantalones vaqueros ajustados. Una camisa y un suéter de cuello redondo, amén de una zamarra de piel vuelta. Llevaba el cabello castaño claro suelto y su aire juvenil y actual. Muy moderna.

Se levantó cuando la vio llegar.

—Hola —sonrió ella animada—. Pídeme un café.

Nicolás lo hizo por señas y después que ella se sentó lo hizo él.

—Me da rabia suspender quince de cuarenta alumnos, pero no pude hacer más. De todos modos acabo de someter a los suspendidos a un examen de recuperación y pienso corregir en la misma clase para dar las actas.

—Demasiado indulgente.

—Mira, nunca puedo olvidar cuando yo era estudiante y veía ante mi un suspenso injusto. Me ponía desesperada.

—No te imagino a ti con suspensos.

—Pues los he tenido, pero los recuperaba pronto y por eso yo les doy una segunda oportunidad.

—Así te quieren todos. ¿Pero sabes que no todos los profesores están de acuerdo contigo?

—Yo estoy de acuerdo con mi conciencia y lo demás me tiene sin cuidado. No esperarás que venga aquí a ensañarme con unos pobres chicos. El más gamberro deja de serlo si le ofreces una oportunidad. No soporto que me consideren una resentida como a otros. Por otra parte, te diré que cuando en una clase de cuarenta alumnos suspenden veinticinco, la culpa no es de los chicos, es del profesor que les explicó mal.

Nicolás reía.

Era un tipo de pelo castaño y ojos azules. Muy moreno de piel debido al deporte que hacía. Resultaba, además, muy agradable en el trato y muy afectuoso. Siempre estaban juntos y si charlaban animadamente y se les acercaba otro profesor se callaban, lo que no dejaba de causar chismorreos entre los demás. Pero tanto Nicolás como Tati eran dos personas sin prejuicios y lo que dijeran o pensaran los demás les tenía totalmente sin cuidado.

—No me digas que tú no haces algo parecido con tus chicos.

—No tanto, pero les doy oportunidades, por supuesto. También recuerdo mis tiempos de estudiante de bachillerato y no creas que fui una lumbrera. Tuve mis fallos como todo el mundo y si con estudiar para un cinco lo sacaba, no me preocupaba demasiado de un siete y un diez.

Un camarero le sirvió el café y el mismo Nicolás le metió dos terrones en la taza.

—Gracias —dijo ella azucarándolo—. Oye, tengo a mi marido de nuevo enzarzado en sus celos estúpidos.

—¿De quién?

—Si lo supiera, pero yo creo que es de todo. Bueno, tampoco puedo decir que sean celos. Es que yo no entiendo lo que se propone, porque unas veces pienso que es el trabajo y otras lo descarto porque durante los veranos sigue dándome la lata con cualquier cosa.

—Siempre te oigo hablar de eso, pero nunca te pregunté una cosa esencial.

—¿Cuál?

—¿Sexualmente cómo os entendéis?

Tati miró a lo lejos.

Era bonita.

Pero más que bonita, atractiva y delicada, sumamente femenina. Nicolás vio que torcía el gesto.

—No demasiado.

—Pero eso es fundamental.

—No tanto.

—Lo dices porque no sabes lo que es entenderse sexualmente.

—Posiblemente porque fui virgen al matrimonio y no conocí más hombre que Bernardo. No es apasionado, por supuesto, ni vehemente, ni se muere por estar a mi lado.

—Eso es lo que no concibo.

—¿Por qué?

Nicolás se puso algo nervioso.

Fumó aprisa.

—Lo digo porque estar a tu lado conversando contigo es una gozada, y perdona mi sinceridad.

—Agradezco tu sinceridad —apuntó ella—. De no tener un amigo como tú, me ahogaría de angustia. No es Bernardo el tipo de hombre que se sienta en un salón a media luz y se enzarza en una conversación interesante. Por no hablar no habla ni de sus enfermos. No tenemos comunicación. ¿Para qué negártelo?

—¿Y puede haber convivencia sin comunicación?

—Sólo en cierto modo.

—Un modo pasivo de tenerla, ¿no?

—Ciertamente.

Era hora de volver a clase.

Pero a la salida solían hacerlo juntos. Pararse un poco ante los autos de ambos y charlar hasta que cada uno subía al suyo. A veces se iban auto tras auto hacia el golf y pasaban allí una hora jugando.

Aquel día Nicolás dijo al levantarse y entregarle su carpeta:

—¿Vamos a jugar hoy?

—No. Ha venido mi padre y estoy citada con él.

—Hombre, ha venido tu padre. ¿Cuándo expone aquí?

—Se me antoja que pronto. Ya te lo diré mañana.

—Me gustan los cuadros de tu padre. Tengo dos y pienso adquirir otro en esa exposición.

—¿Por qué no vas a su casa y le adquieres uno a él? Te saldrá más barato.

—Si no me llevas tú...

Tati lo pensó un segundo.

—¿Mañana? Tengo su llave, la de su apartamento. Le citaré a una hora, pero si no está podremos ver lo que tiene por allí entretanto él no llega.

—¿Por la mañana o por la tarde?

—Mejor por la tarde. Me parece que salimos los dos a las cinco, ¿no?

—Mañana sí.

—Pues aquí mañana, a las cinco.

—Gracias, Tati.

* * *

Nicolás andaba distraído aquella mañana.

Los chicos, abusando de su abstracción, armaban jaleo y él no acababa de despabilarse, por esa razón los chicos se enzarzaban entre sí discutiendo de fútbol.

Nicolás tenía en la mente el asunto de Tati.

Él la quería. ¿Para qué engañarse?

Lo que pasaba es que no deseaba en modo alguno que Tati lo supiera. De saberlo, seguro que dejaría de ser su amiga del alma y a él le gustaba saber cómo iba aquel asunto matrimonial de Tati.

En realidad entendía, y así lo estimaba, que Tati merecía una felicidad plena y que aquel médico llamado Bernardo Escolante sería mucho médico, pero maldito si valía para hacer feliz a una persona tan sensible como Tati.

Bueno, también pensaba algo mucho peor y de ello él se las apañaría para enterarse con respecto a la conducta de Bernardo. Claro que no sabía aún para qué quería enterarse. Nada iba a decir de cuanto supiera. Pero si tantas dudas tenía Bernardo de su mujer (él no conocía al marido de Tati) es que aquél no tenía limpia la conciencia consigo mismo. ¿O no?

El que piensa tan mal de los demás es que no tiene la conciencia tranquila consigo mismo.

También podía ocurrir que Bernardo fuera así sin más, y aun siendo así no era el hombre que Tati merecía.

Él conoció a Tati cuando era una cría aprendiendo a ser universitaria. Ya en aquel entonces le agradó en extremo. Le gustaba hablar con ella y contemplar su rubor.

Debió hacerse novio de ella entonces, pero él tenía el porvenir en el aire y no le daba la gana pasarse la vida dando clases particulares ni de agregado. Deseaba la cátedra y para conseguirla lo mejor era no buscarse preocupaciones.

Pero lo cierto es que pensó muchas veces en aquella chica de los ojos melados y se preguntó más de una vez qué sería de ella.

Después la olvidaba una temporada y cuando tenía ocasión de tratar a una muchacha más de una semana, volvía a evocarla.

Por eso fue mucha su sorpresa cuando la topó allí.

Y lo lamentó más cuando supo que estaba casada y nada se diga de ahora que era, como si dijéramos, su confidente.

Le sacaba de quicio y tenía que hacer ímprobos esfuerzos para dominarse cuando le contaba sus desazones. Que a los veinticinco años una mujer como Tati tuviese aquellas pesadillas y desequilibrios por culpa del marido, le descomponía y desconcertaba. ¿Qué tipo de hombre era aquél?

Él tenía sus ligues aparte de su amistad con Tati y un día convencería a alguien para que fuera a la consulta de aquel Bernardo.

Sin conocerlo le resultaba odioso.

Y aún lo mejor de aquella cuestión es que no tuviesen hijos, pero podía ocurrir que el día menos pensado Tati le anunciara un embarazo y entonces sí que todas sus esperanzas se vendrían abajo.

Porque sí, tenía esperanzas.

¿Por qué no, si Tati era infeliz?

¿Es que puede una mujer desgraciada cargar con la desgracia toda la vida?

Él no lo creía posible y entendía, y era de los que pensaba así, que si no existe el amor en la pareja, ni el entendimiento ni nada, lo mejor es destruir dicha pareja.

—Silencio —les gritó exasperado—. ¿Queréis callaros de una vez? Os voy a explicar la lección.

Poco a poco la clase quedó en silencio.

Nicolás empezó, con pereza, a explicarles la temática de Pérez Galdós.

Tanto pudo ser este autor como Machado.

Pero el caso era entretener unas horas que él tenía como acogotadas en la mente.

Cuando terminó la clase y salió presuroso para verla de nuevo, ya no vio más que la matrícula de su utilitario alejarse.

Suspiró.

De todos modos le consoló pensar que al día siguiente, a las cinco de la tarde, irían los dos al estudio del padre.

No le interesaba demasiado el cuadro. Le gustaba la pintura de aquel hombre llamado Vicente Junquera, pero no tenía pared para ponerlo. De todos modos lo compraría aunque sólo fuera por disfrutar unas horas de la compañía de Tati.

La cosa para él se estaba convirtiendo en una pesadilla. También sabía que si la supiera feliz hubiera tenido envidia del marido, pero le dolía aún más saber desgraciada e incomprendida a una persona como Tati, toda sensibilidad y temperamento.

¿Habría sabido alguna vez el marido llegar al fondo de aquel temperamento femenino?

Lo dudaba.

Tal cual se explicaba Tati, y le constaba que decía la verdad, Bernardo sería muy buen médico, pero como hombre y persona dejaba mucho que desear y además era tremendamente desconfiado, y él tenía mal concepto de las personas desconfiadas porque las consideraba capaces de faltar a cualquier ética profesional.

Subió a su coche, dijo adiós a dos alumnos que cruzaban y se fue directamente a su casa donde le esperaba Berta, su mujer de confianza.

5

Hacía calor dentro del club y Tati entró despojándose de la zamarra. Saludó aquí y allí y buscó a su padre entre los asistentes en aquel momento en los salones. Como no estaba asomó la cabeza por el comedor. Nadie.

El encargado del comedor, al verla y reconocerla, le salió al encuentro.

—Tiene la mesa reservada junto al ventanal. Es la última de la esquina. Pero el señor Junquera no ha llegado aún.

No esperaba verlo, desde luego. Sabía los despistes de su padre y sus múltiples amigos que lo entretenían y más que nada sus muchas ocupaciones. De modo que se fue al salón a esperar, se sentó ante una mesa baja, acomodándose en un cómodo sofá, y pidió un martini.

De paso miraría los ejercicios de los alumnos a los cuales había sometido a una recuperación. No le gustaba suspender y más que el contenido prefería analizar la madurez de los chicos. Tampoco le agradaban los que hacían los exámenes como calcados del libro. Ello indicaba carencia absoluta de imaginación. De todos modos a ésos había que aprobarlos, pero les hablaba a solas y les hacía entender que valía más un examen resumido y ampliado a manera original que el calco del texto.

No podía perder tiempo.

De ese modo trataría de paliar sus discusiones con su marido. Sí corregía allí los ejercicios, por otra parte, podía entregarlos calificados aquella misma tarde y pasarlos al acta.

No supo el tiempo que estuvo allí. Realmente no tenía prisa hasta las cuatro que era su hora de clase.

Por la mañana tenía un curso y por la tarde otro. El más difícil era el de la tarde, porque se reunían una serie de malísimos estudiantes que no hacían caso y estudiaban la mínima expresión.

La clase de la mañana era muy tranquila. Chicos de C.O.U. completamente maduros y deseosos de salir adelante, y salvo unos cinco o seis, todos los demás eran muy aprovechables.

Entre trago y trago de martini, cigarrillo y cigarrillo, terminó las correcciones antes de que apareciera su padre, y cuando apareció le gritó de lejos.

—¡Tati!

La joven dio un salto.

Su padre era un alborotador. Un tipo campechano, fuerte, vigoroso aún. Y no con demasiados años. No sabía exactamente cuántos, pero no creía que llegara a los cincuenta y cinco. Era alto, de pelo entrecano, fuerte y ancho de hombros, muy a la americana o a la inglesa, pues siempre vestía de sport, con pañuelos por la garganta haciéndolo más juvenil y americanas muy abiertas por los lados.

Se fue corriendo hacia él y le abrazó. El padre la rodeó con sus brazos y la apretó contra sí con mucha ternura y después la besó fuerte, fuerte en cada mejilla.

—Estás guapísima —dijo ponderativo contemplándola y apartándola un poco de sí para verla mejor. Después volvió a abrazarla—. Diablos, Tati, tenía ganas de verte.

Y volvió a besarla.

—Has tardado como siempre, papá, pero no he perdido el tiempo.

—¿Estás sola?

—Pues sí.

—O sea, que tu marido sigue viendo los culos femeninos.

—No empieces con tus ordinarieces, papá.

Vicente Junquera se echó a reír y saludó aquí y allí por encima de la cabeza de su hija. Después la asió por los hombros y se sentó con ella ante la mesa.

Unos amigos pasaron a saludarlo y Vicente hubo de levantarse. Charló con ellos un rato y después se sentó de nuevo junto a su hija.

—¿Qué tomas?

—Un martini.

Hizo una seña al camarero y pidió otro.

Después contempló a la joven abriendo las piernas y apoyando los brazos en ellas.

—En seis meses que no nos hemos visto tendrás muchas cosas que contarme.

—Pues no. Todo como siempre.

—No me parece que las cosas con tu marido vayan viento en popa.

—¿Por qué lo dices?

—Bueno, pues no sé, pero después de conocer a tanta gente, te aseguro que me basta lanzar sobre ella una mirada para conocer su estado de ánimo. Viéndote a ti, no tienes pinta de persona feliz. Como mujer, se entiende, porque como profesora me parece que sí.

—Me he realizado.

—¿Como mujer?

—Bueno, supongo que también.

El padre meneó la cabeza.

—Tati, que eres mi hija y te conozco de lejos. Nunca me gustó Bernardo. Sé que es médico, me parece bastante bueno y todo lo que gustes. Pero yo no lo encuentro el hombre adecuado para ti y te lo dije antes de que te casaras. Debiste casarte por lo civil —añadió rotundo—. De ese modo podrías descasarte más fácil.

—Pero si no he pensado en descasarme.

—Lo pensarás. Si las cosas no marchan bien desde un principio, no marchan nunca. Eso de la adaptación y demás es un cuento. El amor todo lo supera. Pero cuando el amor se muere, se muere la pareja y la esperanza. Y lo peor que puede ocurrirle a una pareja es que muera la esperanza.

—Papá, me parece que estás siendo muy extremista.

El pintor bebió un sorbo de martini y encendió un cigarrillo.

Fumó despacio y entornó un poco los párpados para verla mejor.

—¿Estás segura de que eres feliz?

Claro que no. Pero... ¿para qué disgustar a su padre contándole las cosas de Bernardo?

* * *

Sin que la hija respondiera, Vicente Junquera añadió:

—Mañana iré a cenar con vosotros. Díselo a tu marido.

—Nunca te agradó Bernardo —apuntó Tati con pesar.

El padre sonrió.

Le palmeó la mejilla con ternura.

—Yo quiero lo que tú quieras, Tati. Pero si no te hace feliz pienso que es más memo de lo que yo pensé. Y para juzgar este asunto no te miro con ojos de padre, sino con ojos de hombre. Estás llena de cualidades, eres joven, bonita y además inteligente. ¿Qué más puede pedir un hombre? Si no te ama, o no sabe hacerte feliz aunque te ame, me da cien patadas en el estómago y no te extrañe, pues yo como padre siempre deseé lo mejor para ti.

—Yo vivo tranquila.

—Oh, no. No pienses que estás hablando con un tonto. Una cosa es que se viva tranquila y otra feliz. La tranquilidad no tiene nada que ver con la felicidad. Tranquila vive una vieja decrépita que se conforma con un libro, un gato y su rosario o su novena, pero, claro, el hecho de que viva tranquila no indica que sea feliz.

Como Tati bebía un sorbo de martini y fumaba un cigarrillo, el padre añadió pensativo:

—Yo he sido feliz con tu madre. No volví a casarme, pero no porque me lo impidiera su recuerdo. Soy lo bastante humano y comprensivo para darme cuenta de que el que muere resucita y el recuerdo se muere con la muerte misma. Ni tampoco por temor a darte una madrastra. No me agradezcas el que me haya quedado así. No lo hice por ti, Tati. Lo hice porque me gusta mi libertad y viajar cuando me da la gana y a mi aire. ¿Que eso se llama egoísmo? Pues un poco. Sin duda yo soy egoísta, pero de una forma u otra todos lo somos.

Alguien vino a decirles que tenían la mesa dispuesta y los dos se levantaron y cargando con los martinis se fueron al comedor.

Más saludos allí.

Más apretones de manos.

Y al fin su padre y ella pudieron sentarse uno enfrente del otro ante la mesa para comer.

—Dejando a un lado todo eso que dices de tu egoísmo y del de los demás, te pregunto: ¿puedes venderle un cuadro a un amigo mío?

—Si abro la exposición dentro de unos días...

—Al margen de la exposición.

—O sea, que tu amigo quiere ahorrar dinero y quedarse a su favor con el porcentaje de la sala.

—No es eso papá. Se lo ofrecí yo.

El padre, desplegando la servilleta, sonrió afectuoso.

—No faltaba más, Tati. ¿Cuándo quieres ir?

—¿Cuándo estás tú libre?

—¿Yo libre? Nunca, siempre tengo algo pendiente.

—Como tengo tu llave... me refiero a la de tu estudio...

—Que es mi hogar aquí —le atajó él.

—Bueno, sí, en efecto. Como tengo esa llave, si no te importa lo llevaré mañana a las cinco. ¿Estarás tú allí?

Vicente sacó una agenda y un bolígrafo y anotó: «Pasar mañana por mi estudio a las cinco».

—Ya está —y guardó la agenda—. Procuraré ser puntual.

—Tú no eres puntual casi nunca, papá.

—¿Y qué quieres que haga? Estoy cargado de compromisos. Pero me gustaría, repito, cenar con vosotros dos mañana y, además, en vuestra casa. Hace seis meses que no os veo juntos y me agradaría veros.

—¿Para analizarnos?

—No —dijo serio—. No preciso eso.

—Pues no entiendo por qué no lo precisas.

—Es muy sencillo. Viéndote a ti, veo lo que pasa. Tal vez no meta el dedo en la llaga, pero ando rondando la supuración. Pero te aconsejaría, y se lo aconsejaría a Bernardo, que si ya no os amáis os separéis.

—Tienes cosas peregrinas, papá. Tú ves la vida desde otro prisma.

—No me digas que tú la ves de una manera que aceptas sacrificar tu juventud al qué dirán.

—No, pero no llegué a ese extremo aunque tú estés pensando lo contrario.

—Bueno, ¿por qué no comemos y dejamos ese tema? Una cosa más te quiero preguntar —y calaba los lentes para ojear la carta—. Veamos qué menú tenemos.

—¿Era eso lo que ibas a preguntar?

—No, no. Hacía comentarios. Iba a preguntar —y no dejaba por eso de ojear la carta—, ¿evitas los hijos o es que no llegan?

—De momento los evito.

—¿Con consentimiento de tu marido?

—No se lo he pedido.

—¿Y no se asombra?

—¿De qué?

—De que no los tengas.

—No. Nunca lo mencionamos. De momento pienso que mientras no estabilice mi situación, no los tendré. Por otra parte está mi profesión. Prefiero aguardar. Soy bastante joven.

El padre, sin responder, eligió el menú.

—¿Has elegido tú? —preguntó.

—Sí. Sopa de pescado, carne asada y postre. Eso es todo.

—Lo más simple del mundo. Yo quiero parrillada de marisco.

—Lo que no tomas a gusto en Londres.

—Lo que no saben hacer allí con perfección. Pero aquí sí.

Y después se quedó mirando a su hija con obstinada fijeza.

—Una cosa quiero decirte, Tati, y que no te parezca mal. Cuando una mujer ama entrañablemente a su marido y se sabe querida y comprendida en igual medida, lo primero que desea es hacerlo padre. ¿Nunca has pensado en eso?

Claro.

Pero no pensaba admitirlo ante su padre, y eso que tenía plena confianza en él.

Pero había cosas que era mejor callar.

Y su vivencia con Bernardo era una de ellas.

Además, cuando su padre los viera juntos, tratándose, se daría cuenta de que se habían equivocado ambos.

Su padre no era fácil de engañar.

Así que prefirió soslayar la respuesta y empezó a conversar de otros temas, los cuales su padre, por discreción, por inteligencia o por ternura, aceptó.

Cuando se separaron la besó de nuevo.

—Recuerda dos cosas, que tengo anotadas en la agenda. Que mañana a las cinco recibo a tu amigo y que a la noche voy a cenar con vosotros. Ah, a propósito, ¿quién es ese amigo tuyo?

—Un catedrático de literatura a quien aprecio mucho.

—Ya... Procuraré estar allí a las cinco, y si no estoy me esperas y le enseñas toda mi obra a tu amigo.

Después se despidieron y cada uno subió a su auto.

Tati llegó al instituto justo a la hora de su clase.

Cuando salió lo hizo presurosa, si bien se topó con Nicolás en la acera. Se pusieron de acuerdo para el día siguiente y se dijeron adiós.

6

Se hallaba en el salón sola leyendo cuando entró Bernardo procedente de su consulta.

Parecía cansado y Tati admitía que lo estuviera. Al fin y al cabo, ser médico y estar tantas horas trabajando no era fácil.

—Hola —saludó.

Y yendo hacia ella la besó ligeramente en los labios.

¿Cuánto tiempo hacía que Bernardo no apretaba el beso?

Mucho.

Desde que ella el año anterior empezó a dar clases.

—¿Qué tal tu padre? —preguntó desplomándose en una butaca.

—Muy bien. Dijo que si le invitábamos a comer mañana, vendría de muy buen grado.

Bernardo, encendiendo un cigarrillo, dijo de mala gana:

—Se olvidará.

—Lo anotó.

—Aun así.

—¿Qué concepto tienes tú de mi padre?

—Ése, el que se merece. Es un bohemio.

—Es un pintor que pasará a la historia.

—Yo no lo estoy juzgando como pintor, sino como persona.

—¿Y qué tienes que decir tú de la persona de papá?

—Lo que ya he dicho. Es bohemio. No para en ninguna parte. No tiene familia ni le interesa.

—Me tiene a mí —empezó ya Tati a ponerse nerviosa.

—Cada seis meses o un año. Eso es cómodo.

—Bernardo, ¿qué te pasa a ti conmigo?

La miró por las rendijas de los ojos.

—¿No lo sabes?

—¿Saber qué?

—Qué cosa tengo.

No demasiado claro.

—No me gusta tu trabajo. No tengo interés alguno en que te pases la vida entre tus compañeros. No deseo tampoco que tengas contactos con tus alumnos, los cuales, muchos, ya tienen tu edad. No me gusta que te miren. ¿Está ahora claro?

—Pero eso es absurdo. Siempre has sabido lo que yo era y lo que haría casada o soltera.

—¿Y por qué lo haces? Yo gano suficiente. ¿A qué fin someterte a la vista de todos esos?

—No pretenderás que me pase la vida en casa esperando por ti.

—¿Y por qué no? Es lo que hacen la mayoría de las mujeres.

—Las de antes.

—Y muchas de las de ahora.

—Así se sienten frustradas.

Y le faltó por añadir: «Pero yo también me siento, y trabajo».

Bernardo se levantó de su sillón y miró la hora en su reloj de pulsera.

—Si quieres salir.

No. No le apetecía.

Con él no.

Cada vez menos.

Y no aceptaba aún a saber por qué.

Empezaba a pensar que ni siquiera como hombre lo deseaba.

Se morían sus apetencias.

Sus ansiedades de comprensión.

Era frío, calculador y egoísta. Sumamente egoísta.

—Me gustaría saber —dijo de repente— qué motivos tienes tú para dudar de mí.

—La duda simplemente. ¿Te parece poco?

—¿Nacida de qué?

—De todo...

—Pero eso es absurdo.

—Puede que yo también lo sea, pero no voy a cambiar. Soy así y así me mantendré. Donde hay un hombre y una mujer hay una corriente de deseo. ¿Por qué vas a librarte tú de esa corriente?

—Podría ser porque te quiero a ti, y cuando se quiere a una persona no se necesita otra.

—Eso sí que no lo entiendo yo. ¿Es que acaso te pasa a ti?

Bernardo volvió a mirar la hora.

—Te digo que si quieres salir te quites esas ropas y te las pongas de mujer.

No le daba la gana salir.

No con él.

Sí salía sería sola.

A dar un paseo.

A despejar. A pensar. A reflexionar sobre todo aquello.

¿Qué le ocurría a Bernardo hasta el extremo de lastimarla con sus dudas?

Por otra parte, si Bernardo fuera de otro modo y dijera las cosas con ternura, pero no ocurría así.

¿Otra mujer?

No.

No creía a Bernardo capaz de serle infiel.

Y no por serlo, sino porque dado su modo de ser y tal cual ella lo conocía desde su posición de esposa, ¿tendría agallas, pasiones, ansiedades para buscar otra mujer?

No. Rotundamente no.

Podía ser buen médico y sin duda lo era.

Pero como hombre dejaba mucho que desear y como amador, más.

No valía para nada.

¿Impotente?

¿Medio impotente?

¿Qué pasaba allí?

—¿Vienes o no vienes?

—Me quedo.

—Vaya, mujer, ahora que no estás trabajando tampoco te apetece salir a dar una vuelta.

—Prefiero quedarme.

Y se quedó.

Comió sola como muchas veces, y por primera vez desde que se casó se fue a otro cuarto.

Esperaba ser reclamada.

Que Bernardo la fuera a buscar ya no como marido ni como persona, sino como hombre y amador.

Pero no fue.

Le oyó llegar y nada más.

Al día siguiente, cuando ella ya estaba lista para irse al instituto, apareció él vestido y listo para hacer, por lo visto, unas visitas particulares.

La miró cegador.

De una forma interrogante.

Se rompía algo entre ambos.

Algo que pendía de un resorte muy débil.

¿Iba precisamente a romperse en aquel mismo instante? ¿O se había roto ya la noche anterior?

* * *

La miró desde su altura.

Ella aún desayunaba.

—¿Por qué? —preguntó secamente.

No sabía o no podía.

O no la entendía.

De haberle preguntado de otra manera, ella hubiera reaccionado también de modo distinto.

Por eso le miró displicente.

—¿Por qué... qué?

—Te has ido del cuarto.

—¿Es que me necesitas en él?

Bernardo apretó los labios.

—Supónte que te necesitara.

—De ocurrir así, irías a buscarme.

—¿Es eso lo que pretendes tú? ¿Que te ruegue?

—No. Pero pienso que lo nuestro está gastado. Roto, destrozado.

—Porque tú vives a tu aire.

—¿Me meto yo en tu vida?

—¿Y qué tiene mi vida?

—Pues no lo sé, pero sea como sea no me meto en ella. Tengo la sensatez de creer en ti. No considero que sean amantes tuyas tus clientes.

—¿A qué fin esa estupidez? —gritó exaltado.

—Podría pensarlo, ¿no? Igual que tú piensas de mí.

—Es distinto.

—¿Porque eres hombre?

—Porque los hombres no perdimos aún nuestros privilegios.

—Oh, no. Ésa no es una razón. No pretenderás volverme a mí a los años de maricastaña. Yo vivo en la actualidad y como persona actual he de comportarme, pero eso no quiere decir que me acueste con mis amigos, alumnos o compañeros.

—¿Y quién me lo asegura a mí?

Era desesperante.

Tanto le pareció así que decidió no volver a su alcoba común.

Tampoco él se lo pidió.

Siguió zahiriéndola.

Con sus dudas, sus... ¿celos? Lo que fuera.

Pero más dudas que nada.

La persona celosa ama.

Él no la amaba.

Al menos como mujer no la necesitaba.

¿Sólo como esposa para figurar en sociedad con él?

No bastaba. A ella, no.

En eso pensaba como su padre y como el mismo Nicolás.

¡Nicolás!

Pero bueno, es que Nicolás era todo un hombre.

Y su marido, por médico que fuera, era un ente.

Terminó de desayunar y se levantó asiendo su carpeta y su bolso.

—Será mejor —decía al irse— que no te olvides de que papá cenará con nosotros esta noche.

—Bueno.

—Y mejor que no sepa la situación.

—¿Qué situación?

—La creada.

—La que has creado tú.

—Empujada por tu modo de ser y de pensar.

—Las mujeres, cuando decidís hacer algo que os conviene, buscáis siempre pretextos.

—No entiendo cómo estimándome así, te has casado conmigo.

Bernardo se alzó de hombros y se sentó a desayunar.

Irene, silenciosamente, le servía.

A Tati se le hacía tarde y se iba a clase.

Estaba harta de aquellas situaciones ambiguas.

¿No era estúpido lo que pasaba?

¿Por dónde se rompía el lazo?

Ya estaba roto.

Bernardo podía decir muchas cosas, pero no le pidió que volviera al cuarto matrimonial, y ella no pensaba volver.

No sentía goce alguno junto a su marido.

Era como si, de repente, se volviera frígida.

Y ella sabía que no lo era, pero es que sus relaciones con Bernardo llegaban a límites insospechados de desconcierto.

7

Nicolás había obrado con rapidez.

¿Por qué razón? Pues por ésa, porque amaba a Tati.

Pero aun así, lo que sabía de Bernardo no podía decírselo a Tati.

Pero sí sabía.

No había salido de casa cuando ya tenía en su piso a la mujer que él había elegido.

Aquel día la clase era más tarde.

De modo que hasta las diez y media no tenía prisa.

Miró a la muchacha en cuestión.

—Lo que tú pensabas, Nicolás.

—Vaya.

—No es un médico sano y honesto. Se aprovecha de la mujer cuando va sola.

—Eso es una guarrada.

—Claro.

—¿Qué ocurrió?

—Nada, porque yo iba preparada por ti. Pero supongo que cuando lo visita una mujer sola y sin muchos escrúpulos el asunto se convierte en un acto sexual asqueroso.

—¿Estás segura?

—Vamos, ¿no me has buscado a mí para saberlo?

—Pero tú eres una prostituta.

La tal sonrió.

—Pero cuando visité al médico, eso a él no le constaba.

Nicolás sacó la cartera y con naturalidad le entregó unos billetes.

—Gracias.

—No me vas a decir por qué te interesa eso.

—No, por supuesto.

—Pues si quieres más datos, te los doy.

—¿Cuáles?

—No entiendo cómo tiene clientes. Claro que serán... como yo. ¿Para qué engañarnos? A mí me importa un pepino que un tipo me toque o no. Él sabe hacerlo. Con morbosidad. Te enciende, y después viene lo que viene.

A Nicolás no le interesaba saber más.

Sabía ya que no era raro que Bernardo, siendo así, pensara que su mujer se le pareciera.

De ahí sus dudas.

Si él tuviera valor se lo diría a Tati.

Pero no, era demasiado fuerte.

—¿Quieres algo más de mí?

—No, gracias. Pero dime una cosa más. ¿Estás segura?

—Y dale. Dada mi experiencia, ¿qué quieres que te diga más? Por otra parte he preguntado a otras amigas mías que van a él y van con mucho gusto.

El muy cerdo.

Él entendía que la profesión de médico debía ser sagrada.

Para un tipo morboso como Bernardo, era un tubo de escape asqueroso.

¿Podía un hombre así hacer feliz a su mujer?

Una mujer como Tati.

Una persona sensible, cariñosa, tierna, apasionada, emocional...

Se mordió los labios, y cuando dio su clase y entró en la cafetería la vio sola consultando unos apuntes.

Se dirigió hacia ella.

Si tuviera valor.

Sí, lo hubiera tenido.

De no amarla y desearla, sí.

Pero la quería.

Y todo tenía un color distinto cuando se amaba a una persona determinada.

El suyo era un problema de envergadura.

Íntimo, sí, sentitivo, sexual emocional. Tenía de todo.

Y lo más importante es que ella le inspiraba una ternura viva.

Profunda.

No sabía siquiera cómo disimularlo.

Pero se acercó rápidamente y se sentó a su lado diciendo:

—Hola, Tati.

Ella levantó los melados ojos de los apuntes que miraba.

Lo primero que le dijo fue:

—No te olvides que a las cinco tenemos una cita en el estudio de papá.

Se había olvidado.

Con todo lo que tenía encima, sí, se había olvidado.

* * *

Se lo dijo sinceramente.

—Me había olvidado de ello.

—¿Es posible?

—Pues sí. Pero ahora que me lo recuerdas, estaré a las cinco en la acera y seguiré tu coche. Si te digo la verdad, no sé dónde tiene el estudio tu padre.

—Cerca de la playa.

—¿Te parece bien que te siga?

—Sí, es lo mejor.

Después él preguntó con cálida ternura:

—¿Qué tomas?

—Lo de siempre, ¿no? Tengo clase dentro de media hora.

—Te veo rara.

—¿Rara?

—No sé. ¿No lo estás?

Claro que lo estaba.

Mucho.

Había roto las relaciones íntimas con su marido.

¿No era suficiente para estar rara?

¿Desconcertada, desilusionada?

Y se lo dijo.

Con Nicolás tenía toda su confianza.

O tenía un amigo o no tenía nada. Por tanto, como era su amigo de siempre y ella mujer sincera, se lo dijo:

—Me fui a otro cuarto.

Nicolás la miró suave y cálido.

—¿No te reclamó?

—No.

—Pero eso es absurdo.

—Lo sé.

—¿Y qué piensas tú de eso?

—Si te digo la verdad, no pienso nada. Estoy desconcertada, apática, desilusionada.

No le extrañaba en absoluto.

Pero sabiendo lo que él sabía, ¿cabía duda?

No cabía.

Y entraban en ello también las dudas de él respecto a ella.

Si él faltaba, ¿por qué no pensar que faltaba la mujer?

¿Y qué quería?

¿Qué podía faltar él y ella no?

Inconcebible.

O él vivía con mil años de retraso o pretendía hacer de una muchacha sensible e inteligente una demencial.

No, claro. Tati no lo era,

—No dices nada, Nicolás.

Pero... ¿podía?

Para decir tendría que ser sincero y añadir que se había preocupado de ella y de su marido y de lo que en la consulta hacía aquél.

¿Era eso honesto?

No. Para Nicolás sólo era que le empujaba su amor hacia Tati.

Y eso tampoco era demasiado honesto.

Pero si lo mantenía oculto sí que lo era.

¿No suponía bastante honestidad callarlo?

—Te reclamará un día cualquiera —dijo quedamente.

Tati meneó la cabeza.

Pienso cosas, Nicolás.

—¿Como cuáles?

—No sé, temo decirlas.

—Dilas. ¿No me las has dicho siempre?

—Sí, sí. Pero hay cosas que cuesta trabajo decirlas aunque las oiga tu mejor amigo.

—¿No quieres decirlas o no puedes?

No podía ni quería.

Se ruborizaba.

Si pudiera ser valiente. Pero no lo era.

Sonaba lejos un timbre.

Los dos se miraron sonrientes.

Tal parecía que el problema se había olvidado.

Pero no, estaba en la mente de los dos.

¿Sin comunicarse?

¿Era preciso?

No demasiado.

Se comunicaban igual en silencio, sin decirse nada.

De repente, Nicolás entendía que Tati no amaba a su marido y cualquier cosa que hiciera aquél le tenía sin cuidado.

¿Sospechaba algo?

No.

No hacía falta.

Algo fallaba dentro.

En los sentimientos. En la sensibilidad.

En lo físico.

Y si faltaba lo físico y la sensibilidad, ¿qué quedaba?

Nada.

Sí, una absurda vaciedad.

¿Le reconfortaba a él aquello?

No demasiado.

No obstante se alejaban ambos y si bien cruzaban el pasillo juntos, se iban por distintos ascensores.

Fue él el que dijo:

—A las cinco, ¿no?

Ella asintió.

Un solo movimiento de cabeza.

Nicolás se fue rabioso.

Tan joven, tan bonita, tan sensible, ¿y qué hacía el marido?

Era un médico guarro.

Había muchos así.

Bernardo lo era.

Si él pudiera decírselo a Tati.

Pero no. ¿Qué pensaría Tati de él? ¿Que pretendía aprovecharse de sus desilusiones de mujer?

Eso, jamás.

8

Claro, era de suponer tratándose de su padre lleno de compromisos sociales y personales.

No estaba.

Los dos autos aparcaron uno detrás del otro.

Se miraron y juntos entraron en el portal.

Nicolás aparentemente tranquilo.

No, no lo estaba.

Era ficticia su postura.

Quería a Tati.

La quería de verdad. De dentro.

No para un instante.

Él no era hombre de instantes, aunque tuviera amigas de todos los tipos.

Pero, aparte de amigas ocasionales, tenía a Tati.

Y Tati era su amor de siempre.

Pero una cosa era sentirlo y otra decirlo.

Muy distinto todo.

Subieron silenciosos en el ascensor y ella abrió la puerta del estudio.

Era de suponer.

Su padre no había llegado aún.

—Mira, como papá no sé cuándo llegará aunque lleve anotadas tu visita y la mía, será mejor que busques el cuadro que te interesa.

A él todos y ninguno.

Estaba allí por Tati.

¿Los cuadros? Sí, muy buenos.

Pero no era ése el motivo.

El motivo era ella, Tati,

Si pudiera hablar, decirle...

Pero no. ¿Qué pensaría Tati?

¿Que él buscaba a una mujer de la vida para enterarse cómo funcionaba el marido en su consulta?

No, jamás. No era tan puerco.

Él se consideraba un hombre decente.

Enamorado, sí, pero honesto.

—Son todos preciosos —iba diciendo.

—Papá es un buen pintor.

—Excelente.

—¿No te gusta este paisaje?

—¡Precioso!

—¿Y esta marina?

—Todos muy buenos.

Pero la miraba a ella.

Tati ni cuenta se daba. Se sentía a gusto.

Nicolás la entendía.

La conversación entre ellos siempre era fluida, amable, cálida.

—Papá —decía Tati— anota todos sus compromisos pero se olvida. Esperemos que venga pronto.

¿Cómo fue?

No lo supieron ninguno de los dos.

Yendo por el estudio sus hombros se rozaron.

Los dos se estremecieron.

Se miraron.

¿De modo diferente?

Pues sí.

Ella aturdida.

Él enervado.

Excitado casi sin querer. Y es que ella, sin proponérselo, le excitaba.

Se separaron como si ambos quemaran.

Tati quedó confusa.

Él nervioso.

—Éste es bonito —decía.

Y le parecía un cuadro cualquiera. El caso era elegir. Salir, escapar.

¿Qué ocurriría si no escapara?

De repente ella dijo en voz baja:

—Nicolás, ¿a ti qué te parece eso?

Sabía a lo que se refería.

No al cuadro, claro.

A lo otro. A lo que ella le contara.

—No os amáis —dijo con rotundidad.

Tati lo sabía. Y le dolía.

¿Para qué se había casado? ¿Qué era en realidad su matrimonio?

¿Una careta?

—Tati —decía Nicolás quedamente—, ¿no piensas como yo?

—¿De qué?

—De eso.

—¿De lo que te cuento?

—Pues... sí...

—Es posible...

—Y eso te duele.

—¿No te dolería a ti si estuvieras casado?

—Claro.

Y seguía afanoso mirando lienzos.

Intentaba escapar de la confidencia.

Y era por lo que él sabía.

No era bueno Bernardo.

Ni buen médico, ni buen hombre, ni buen marido.

Era un ente.

Un tipo que se valía de su profesión para saciar sus sucias apetencias.

¿Y qué quedaba para su mujer? Pues nada.

Vaciedad.

Resquemor.

¿Temía acaso que ella hiciera con sus amigos lo que él hacía con sus clientes?

Eso era lo que pasaba.

Lo que les ocurría a tantos hombres que se dedicaban a la ciencia y vivían sus ansiedades sexuales confundidas.

* * *

Andaban casi en mudas interrogantes y respuestas, cuando, apurado, llegó el padre.

Los miró.

Besó a Tati.

Saludó a Nicolás.

Le miró mucho.

Hum...

Él veía siempre a trasluz.

Tanto tiempo viviendo, observando a seres diferentes.

¿Qué podía pensar de aquello?

Lo que pensaba.

La realidad escueta.

No era normal pero, en cierto modo, humanamente lo era.

Trató a Nicolás como a un cliente que le llevaba su hija.

Le vendió un cuadro y conversó con él.

Después lo despidió en la misma puerta.

Fue al volverse a mirar a Tati.

¿Qué le ocurría a su hija?

Estaba abstraída.

¿Confundida?

Por lo menos distraída.

Y lo dijo.

Él era así.

Sin más. Sin ambages, sin preámbulos, sin suspicacias.

Tal cual lo sentía.

—Ese chico te quiere.

Tati se agitó.

Lo miró desalentada.

—Papá, ¿qué novelas lees?

—No, querida, no leo novelas. Leo en la vida.

—Pero es absurdo.

—¿Absurdo qué?

—Que digas que Nicolás me quiere.

—Pues sí.

—¿Estás loco?

No lo estaba. Él veía.

Y veía mucho más de lo que su hija creía.

—Nicolás es mi amigo de siempre.

—Ya.

—Lo dices dudoso.

—Lo digo como lo veo. Ese chico está ena-morado de ti.

Se agitó.

Se estremeció.

Tuvo miedo.

¿Enamorado de ella Nicolás?

—Papá...

—Sí...

—Nicolás es mi compañero.

—No lo dudo.

—Y dices...

—Digo sí. Que está enamorado de ti hasta los tuétanos.

—Pero papá...

Y no podía seguir.

De repente se sentía aturdida.

Acogotada.

Confusa...

Si era así como decía su padre, ¿qué le ocurría a ella?

¿Y las confidencias que le hacía a Nicolás?

¿Qué consecuencias tendrían?

¿Las tendrían en realidad?

—Vamos, papá.

—¿Adónde?

—¿No quedamos en que comerías con nosotros esta noche?

—Oh, es verdad —y de súbito, suave y cálido—. Tati, ¿le quieres tú?

No quería ni pensarlo.

Por eso sacudió la cabeza.

—¿Qué dices papá?

—Nada, si tú no quieres, nada.

9

El padre no fue en su propio coche, lo dejó aparcado ante su casa. Fue en el de su hija diciendo que al regreso tomaría un taxi.

Tati conducía con mano temblorosa. Estaba desconcertada. O su padre estaba loco o ella iba a estallar de un momento a otro. Una cosa era que Nicolás fuese su amigo porque sí, por compañerismo, por analogía, por simpatía y afecto, y otra muy distinta que le amase. ¿No vería su padre visiones?

Pero es que su padre era un hombre de mundo, conocía a la gente, sabía penetrar en ella, en las personas que trataba, desnudarles el alma sin que se dieran cuenta.

Poseía una experiencia especial para ver las cosas, para desmenuzarlas, para sacarlas a la luz.

—Papá, no es posible.

El padre se había olvidado ya del asunto y por eso miró a su hija desconcertado.

Veía su mentón crispante, sus labios apretados, los párpados como ocultando el brillo inusitado de su mirada.

—¿A qué te refieres, hija?

Ella titubeó. De pronto le costaba hasta pronunciar el nombre de su amigo.

¿Qué clase de turbación entraba en ella?

Era tonta, porque hasta se imaginaba empezando la carrera y conversando con Nicolás ya un hombre hecho y derecho que disponía sus oposiciones a cátedra.

Sacudió la cabeza.

De repente susurró:

—Me refiero a Nicolás.

—Ah —y riendo—. Tu amigo del alma, ¿no? Verás, Tati, un hombre y una mujer no creas que siempre pueden ser amigos. El sexo siempre se mete por medio, el amor, el interés físico y psíquico. Empiezas una amistad sana, noble, sincera y el hombre y la mujer siempre o casi siempre caen en la trampa del amor. ¿Quieres un consejo? Tú estás casada y eres en cierto modo feliz con tu marido. ¿O no lo eres? —no esperó respuesta—. Si no lo eres rompe con todo y si lo eres apártate de Nicolás. No es mal muchacho. Al contrario, me pareció un chico excelente, un hombre sensato, honesto, pero tu amistad le hace daño aunque tú creas lo contrario. Yo no sé si él sabe que te ama, pero que te ama es evidente. No suelo equivocarme yo en tales cosas.

Tati entrecerró los ojos. Pensó en Bernardo y en lo que su padre vería en él después de seis meses, y en esos seis meses, poco a poco, paulatinamente, ella y Bernardo habían ido separándose psíquicamente. Casi no tenían nada que decirse uno a otro. Ella no entendía a Bernardo y Bernardo a ella en absoluto.

¿Qué pasaba allí?

¿Quién tenía la culpa?

Su padre, ajeno a lo que pensaba su hija, añadió:

—De momento tú le aprecias como amigo, pero aun así tu amistad hacia él es muy curiosa. No te gustaría perder la amistad de Nicolás por nada del mundo.

—Pero, papá...

—Ésa es la realidad. Supongo que Nicolás nunca te hablaría de sus sentimientos, porque no es el tipo de hombre que se disponga a jugar con una mujer casada.

—Jamás he visto en Nicolás un gesto equívoco.

—Porque es así. Todo un tipo, todo un caballero, pero si supiera un día que tú correspondías a sus sentimientos, te invitaría a separarte de tu marido e irte con él. Nicolás no tiene prejuicios de ningún género. Es lo que es. Se le nota en seguida.

Mucho había visto su padre en poco tiempo.

¿Qué vería en su casa durante una cena entera y una tertulia?

Bernardo podía disimular ante sí mismo, pero de poco iba a servirle disimular ante su padre.

El auto entró por la rampa del garaje y después de estacionarlo, los dos, paso a paso, subieron hacia el exterior y penetraron en el portal.

Mientras esperaban el ascensor, el padre le palmeó la mejilla diciendo con ternura.

—Lo que te he dicho te ha conturbado. No debí ahondar tanto en vuestras cosas.

—Tal vez te equivoques, papá. Nicolás me aprecia como amiga del alma.

—Esas amistades espirituales siempre llevan un deseo o una ilusión. Habiendo tantas mujeres libres en el mundo, jóvenes y guapas, no entiendo cómo no te has preguntado aún por qué Nicolás es tu mejor amigo, o tú la mejor amiga de Nicolás.

—Todo es muy absurdo.

—Puede que lo sea.

El ascensor estaba allí y ambos entraron.

El padre volvió a palmearle la mejilla.

—Anima esa cara, mujer. Estás como si te apalearan.

—Es que la amistad de Nicolás para mí es hermosa, papá. Es necesaria...

Ahora fue el padre el que frunció el ceño.

—Tati, me disgustas un tanto. Si tan necesaria te es la amistad de Nicolás es que tú también sientes algo especial por él.

—Estás loco.

Y se estremeció sólo de pensarlo.

—Procura ser menos amiga suya —dijo sentencioso—. Y no lo digo porque él no merezca esa amistad tuya, sino por el daño que sin daros cuenta os hacéis uno a otro.

El ascensor se detuvo.

Tati abrió la puerta con su propia llave y entró seguida de su padre.

Los dos se detuvieron en el vestíbulo y colgaron sus zamarras.

Bernardo no había llegado aún. Las luces del salón estaban apagadas y Tati entró encendiéndolas todas. De repente necesitaba mucha luz. No sabía si para ver mejor a su padre o para verse a sí misma.

* * *

—Bernardo no tardará en cerrar la consulta, papá —dijo pretendiendo dar un tono alegre a su voz—. ¿Qué tomas?

—Dame un whisky solo, sin soda ni hielo.

Tati se fue a prepararlo al rincón donde tenía empotrado el bar lleno de espejos, de modo que al abrir las puertas las botellas parecían multiplicarse.

El padre miraba a un lado y otro con interés.

—Vives bien. Mejor que hace seis meses. ¿Qué haces con el dinero que ganas?

—Para mis gastos. Bernardo no se mete en eso.

El padre soltó la risa.

—Sería bueno que se metiera. La medicina hoy es la carrera del siglo. Se forran de dinero. ¿En qué lo emplea tu marido?

—Ni idea. Nunca habla de eso.

—¿No consulta contigo?

—Toma, papá. Es whisky escocés. A Bernardo le regalan muchas botellas.

—Tendrá muchos clientes.

Tati se alzó de hombros.

—Pues tampoco lo sé. Tiene la consulta al lado, pero yo no he pasado a ella más de dos o tres veces.

—¿Entonces de qué habláis? Porque no creo que permanezcáis silenciosos. Si tú no sabes en qué emplea el dinero tu marido, si no sabes si tiene clientes o no, ¿qué conversación es la vuestra?

Ninguna.

Y se daba cuenta en aquel momento que su padre lo mencionaba.

Las dudas de Bernardo, sus invitaciones a salir, sus conversaciones banales con compañeros cuando salían juntos y nada más.

Todo era muy simple, sin comunicación apenas.

Hasta para hacerle el amor era Bernardo mecánico. Uno de esos tipos que nunca tienen nada bonito que decir, ni nada nuevo que aportar, ni emoción alguna en su unión matrimonial. Es más, si ella no tuviera sus clases y los problemas de sus alumnos, no sabía cómo iba a poder vivir. Porque para esposa de médico, que espera la llegada del marido sin más, ella no servía.

Su padre paladeó el whisky y dijo que sí, que era bueno.

—Yo nunca le tuve simpatía a tu marido —adujo al rato pensativamente—. Siempre me pareció un hombre al que faltaba algo o le sobraba demasiado. Al contrario de ese chico que me has llevado hoy al estudio, que creo que le sobra de todo y está lleno de valores morales y materiales. Te entiendes con él, ¿verdad?

Tati enrojeció, pero no pudo por menos de decir:

—Sí, plenamente.

El padre, dándole vueltas a la copa, comentó como al descuido y sin preguntar:

—Mejor que con tu marido.

Tati se alteró.

—¡Papá!

—Perdona. Son cosas que pienso yo. No me hagas demasiado caso.

Tati aprovechó para decirle que iba a cambiarse de ropa.

—Me quitaré los pantalones de batalla. No sería de buen gusto que me sentara a la mesa con ellos. Bernardo es el puro clasicista vistiendo y tú, con tus ropas deportivas, pareces un muchacho.

Vicente Junquera se miró complacido.

—No dirás que me visto demasiado juvenil.

—No. Pero sí muy a la moda.

—Dentro de mi edad —rió el padre burlón.

—Perdóname un segundo. Me cambio en nada de tiempo. Si viene Bernardo que se sirva una copa.

Apareció al rato vistiendo un modelo corto precioso. De seda natural y bastante descotado. Algo holgado y muy a la moda actual, de un tono verdoso y beige.

Calzaba altos zapatos. Parecía aún más joven con su melena suelta y sus ojos melados levemente retocados. Vicente la vio preciosa, pero también es verdad que preciosa la veía con sus pantalones ajustados de vaquero y sus camisas de tipo masculino.

En realidad Tati estaba elegante y bonita de cualquier manera. También su esposa fue así, Tati se la hacía recordar muchas veces.

—¿No ha venido Bernardo?

—Pues no.

Miró la hora.

—Las nueve. No entiendo por qué hoy tarda tanto. Llamaré a la consulta por si está aún en ella. A veces se queda allí a estudiar un rato —se dirigió al teléfono y marcó el número. Tardaron en responderle, y ya iba a colgar cuando oyó la voz sofocada de su marido.

—Oye, ¿te has olvidado de que papá viene a cenar y ya está aquí esperando?

—Oh, sí... Me he quedado a estudiar. Iré en seguida.

Hasta ahora.

Y sin más explicaciones colgó.

Tati se alzó de hombros y colocó el auricular en el soporte.

—Dice que viene ahora.

—¿Es habitual que se quede a estudiar?

—No siempre, pero sí alguna vez.

—Realmente —dijo el padre llevando el vaso a los labios—, un médico tiene que estar estudiando siempre.

Y cambió de conversación.

Un rato después entraba Bernardo algo aturdido y apurado. Saludó a Vicente y se sirvió una copa.

10

La cena no se prolongó demasiado. Resultó simple y sosa, y cuando Tati despedía a su padre en la puerta, éste le dijo a media voz.

—Me gustaría comer contigo mañana, ¿en el mismo lugar que ayer?

—¿Sola?

—A ser posible.

—¿También tienes algo que decirme respecto a mi marido?

—Supongo que siempre hay algo que decir sea bueno o malo, negativo o positivo.

—De acuerdo. Estaré en el club de tenis a las dos en punto.

—¿No antes?

—Bueno, cuando deje el instituto. A la una y cuarto.

—Esta vez procuraré ser puntual.

Y se fue hacia el ascensor. Aún desde su interior, antes de cerrar la puerta, le envió un beso a su hija con la punta de los dedos.

Tati retrocedió cerrando y regresó al salón. Su marido se hallaba repantingado en una butaca tomando un brandy.

—¿Qué te decía tu padre en la puerta? —preguntó receloso.

—Me invitaba a comer mañana.

—¿Sola?

—No me dijo que fuese acompañada.

—Bueno, es lo mismo, porque yo a esa hora estoy en la consulta. Comeré solo.

Y después ambos guardaron silencio.

No tenían nada que decirse. Cada vez aquello se rompía más. Estaba ya convertido en diminutos trozos. Ni siquiera le acechaba con sus dudas y recelos. Ni le preguntó si iba a dormir con él o a acostarse en el cuarto de los huéspedes.

Parecía abstraído fumando y bebiendo el coñac a pequeños sorbos. Cuando se cansó de fumar y de beber se levantó mirando la hora en su reloj de pulsera.

—Tengo que madrugar. Buenas noches, Tati.

Así. Como diciéndole: «Te quedas ahí, porque has hecho muy bien dejando el cuarto conyugal».

Tati ni siquiera respondió, pero sí pensó que algo se rompía dentro.

Y no por Bernardo en sí.

Notaba que no le amaba ni le deseaba, ni quería dormir en su cuarto.

Por su matrimonio. Porque se iba al garete. Era inútil retenerlo. Faltaba lo más importante para dar cabida a la felicidad. La comprensión, la unión sexual, la comunicación.

Era duro para ella un fracaso así, y lo peor no era eso, lo peor es que lo vio venir desde que se casó con él. Contando cada día y cada minuto vivido junto a Bernardo, terminaba por llegar a una conclusión. Nunca tuvieron demasiadas cosas que decirse. De novios andaban en pandilla, y en sus escasas soledades Bernardo llenaba la conversación de planes profesionales. No se dio cuenta hasta aquel momento en que miraba hacia atrás. Y veía un camino bordeado de espinos y sin ninguna rosa.

No entendía su situación ni el porvenir.

¿Qué iba a hacer ella en el futuro?

No lo sabía. Pero destruir su vida, no estaba de acuerdo. Debía aprovecharla y pretendía hacerlo. Pero ¿de qué modo?

¡Nicolás!

¿No estaría su padre equivocado?

Era absurdo que Nicolás, siendo su mejor amigo, le amase con amor de hombre y no de amigo. Papá veía visiones.

Se fue a su cuarto y se acostó después de reflexionar sobre todo aquello un buen rato. No durmió bien y despertó temprano. Estuvo con los ojos cerrados, pero despierta, mucho rato.

A las ocho se levantó y procedió a vestirse.

Tenía clase a las nueve en punto de aquel día. De modo que no le sobraba nada. Cuando entró en el comedor, Irene le dijo que el doctor había salido muy temprano a hacer unas visitas particulares y que luego pasaría por un hospital donde tenía dos parturientas.

Tati desayunó preguntándose qué pensaría Irene haciendo dos camas separadas.

Pero eso le tenía sin cuidado. A ella no iba a preguntarle las causas ni creía que Bernardo le diera pie para que se lo preguntara a él, pero seguramente lo comentaría entre sus amigas.

Tampoco eso importaba mucho.

A las nueve en punto estaba en su clase y por su cara seria los chicos entendieron que debían guardar silencio. Explicó la lección con cierto mecanismo impropio de ella, que solía ser amena en la árida historia y los muchachos la entendían de maravilla. Pero aquel día se limitó al libro y hasta usó frases no demasiado comprensibles para los alumnos.

A las once se fue a la cafetería a tomar un café.

Lo necesitaba cargado y caliente.

Se sentía nerviosa e indecisa.

¿Qué hacer en el futuro?

¿Cómo resolver aquella papeleta? Porque, claro, era ridículo que a su edad aceptara ella vivir como vivía. Por otra parte, menos mal que no tenía hijos y podía pedir la separación y la nulidad al mismo tiempo. No creía que Bernardo, dada la situación que él aceptaba de buen grado, se opusiera.

Ella tenía todo el derecho del mundo a rehacer su vida y no se quedaría así a sus veinticinco años.

Cierto que una separación, y sobre todo una nulidad, costaba dinero, pero si no lo tenía (y ella carecía de él) se lo pediría a su padre. Para eso no tendría reparos. No obstante, aún pensaba que las cosas podrían volver a su cauce normal, aunque lo creía casi imposible. Contestándose a sí misma, analizándose, entendía que no deseaba, ni amaba, ni necesitaba para nada a su marido. Pero eso no significaba que por ello tuviera que renunciar al amor el resto de su vida.

Pensando en todo esto estaba cuando oyó a su lado la voz cálida de Nicolás.

—Pareces a mil leguas de distancia.

Se volvió con rapidez.

Allí tenía a Nicolás con su pantalón gris, su cazadora de ante y su aire desenfadado, de hombre emotivo pese a su aparente desenfado.

Lo veía de otro modo.

No podía remediarlo.

Su padre había metido el dedo en la llaga y si no lo había metido en la llaga misma, sin duda rozaba la supuración.

¿Qué sentía ella, realmente, por Nicolás?

* * *

Lo vio sentarse a su lado con cuidado y mirarla quietamente a los ojos, hasta el punto que ella apartó los suyos.

—¿Cómo va eso, Tati? —preguntó quedamente.

Y a la vez, por señas, pidió al camarero un café. La cafetería estaba llena de chicos y profesores. Ellos siempre buscaban aquel rincón del sofá ante una pequeña mesa. Es más, ya nadie les quitaba el sitio y si llegaba uno de ellos y lo ocupaba algún alumno, se levantaba en seguida. Eran dos profesores a quienes los chicos apreciaban de veras y con los que más confianza tenían y, en contraste, a los que más respetaban.

—¿No me dices nada, Tati?

—¿Qué puedo decirte?

—Ah, se me olvidaba. Me resultó estupendo tu padre.

—Me parece que también tú a él le has sido simpático.

—Me alegro. Su cuadro es precioso y el precio irrisorio. Dale de nuevo las gracias de mi parte. Tengo entendido, por la prensa, que abre mañana la exposición.

—Sí.

—¿Iremos juntos a verla?

Tati se le quedó mirando algo asombrada.

—¿Juntos?

—Bueno, te pregunto. No creo que tu marido vaya, ya que está abierta en horas de consulta...

—Eso sí.

—¿Cómo van tus cosas con él?

—Igual.

—¿No te reclamó?

Costaba, como mujer, soportar la propia humillación.

Pero si ella jamás le había mentido a Nicolás, ¿por qué hacerlo ahora? ¿Por lo que de él había dicho su padre? No, su padre se equivocaba una vez más. Claro que... sería la primera, porque antes nunca se había equivocado. La evidencia de ello la estremeció de pies a cabeza.

—No, claro.

—Lo lógico sería que lo hiciera.

—Iré a comer con papá —dijo como si quisiera cambiar de conversación, lo cual aceptó Nicolás.

Al rato Tati sintió una súbita audacia.

¿Por qué no decirlo?

¿No tenía la suficiente confianza con él como para desmenuzar aquello y salir de dudas?

—Nicolás, papá dice que estás enamorado de mí.

Nicolás encajó el golpe.

La miró desasosegado.

—Ya.

—¿Qué dices tú a eso?

—Nada.

—¿No tienes nada que decir?

—Sí, algo, tu padre tiene una psicología especial para penetrar en los secretos más recónditos.

—Oh.

Metió la cabeza bajo la de ella y le buscó los ojos con los suyos.

—¿Te asombra?

—Pues...

—No debiera asombrarte. Cuando un hombre mantiene largo tiempo una especial amistad con una muchacha, siempre es por una razón muy personal.

—Lo dice también papá.

—Tu padre ha vivido lo suyo y el ser humano no tiene secretos para él. Ha sido sin querer, Tati. Ocurrió. Pero no temas, no te voy a dar la lata.

La joven bebió el café de un trago.

Lo había pedido casi hirviendo y estaba casi helado.

Después sacó un cigarrillo y él, con ternura, le ofreció la llama de su mechero.

—Tati, ¿se acabará todo por eso?

—No.

Desde luego que no.

Si se acababa su amistad, ¿qué le quedaba?

¿Su desilusión?

—No, no... No me siento acompañada, Nicolás. Tengo que confesarlo y además, aunque no lo confesara, no sería preciso. Tú sabes eso. Si no tengo tu amistad, no sé qué sería de mí.

Él deslizó la mano por encima de la mesa y le apretó los dedos.

—Rompe con todo —dijo rotundo—. Es absurdo que vivas así sólo por guardar unas apariencias que nadie va a poder remediarte.

—Lo sé.

—¿Qué harás?

—De momento no sé lo que desea papá de mí. Me extraña que me haya invitado a comer.

—Si ha visto dentro de mí, habrá visto dentro de ti y no digo nada dentro de tu marido... Querrá hablarte de eso.

—Me lo temo.

—Tati..., ¿estás enfadada conmigo porque te quiero?

Le miró con dulzura.

—No, Nicolás.

Y se levantó demasiado presurosa yéndose a su clase.

Nicolás no fue tras ella. Se quedó allí solo y pensativo.

11

Cosa rara.

Su padre se hallaba ya a la una y media en el salón del club.

Era insólito en él que se acordara y acudiera a la cita antes que ella.

Y eso teniendo en cuenta que abría la exposición al día siguiente y que tendría montañas de cosas que ultimar.

Pero lo cierto es que estaba allí y tomaba una cerveza. Fumaba un cigarrillo y tenía la frente como algo fruncida. Sin duda su padre estaba inquieto y preocupado.

¿Por la exposición del día siguiente? No, no se amilanaba su padre por tan poco y después de las muchas exposiciones presentadas en distintos puntos del mundo y allí mismo, en aquella ciudad, donde abría y vendía todos sus cuadros, si no al día siguiente, sí en menos de una semana.

Se cotizaba bien.

Era, además, persona simpática. Persona que agradaba.

Tenía montañas de amigos.

Conocidos por todas partes, pero realmente en aquel momento estaba solo, hundido en una butaca baja y con las piernas una doblada sobre la otra y balanceando un pie con impaciencia.

Tati llegó presurosa, con la carpeta bajo el brazo, el bolso, el hombro y la zamarra desabrochada.

Se la quitó al tiempo de besar a su padre, el cual se ponía correctamente en pie.

—O me he retrasado yo o te has adelantado tú, papa.

—Sin duda lo último. Toma asiento. ¿Qué vas a tomar?

—Algo fuerte. Un cóctel.

—De acuerdo.

E hizo seña al camarero, el cual se acercó diligente. Pidió la bebida para su hija y después sacó la cajetilla y le ofreció un cigarrillo.

—Fuma.

Tati asió un cigarrillo y se lo llevó a los labios, apareciendo ante ella la llama del mechero de su padre. El camarero acudía ya con el cóctel solicitado.

Lo primero que hizo Tati fue comerse la guinda y después miró interrogante al autor de sus días.

—Pareces algo misterioso, papá.

—Puede.

—¿Tienes alguna preocupación?

—Pues sí.

—No marcha bien la exposición. Movió la mano en el aire con desdén.

—Qué tontería. Sin abrir tengo media sala vendida. No se trata de eso, Tati. Es de ti de quien se trata.

—¿De mí?

—Pues sí, y de tu marido.

—Oh.

—No marcha la cosa, ¿verdad?

—Pero, papá, ayer me dices que un amigo mío me ama y hoy...

—Es que ese Nicolás te ama, y mucho. Intensamente...

—Pero...

—Y tu marido es un tremendo egoísta. Me pregunto si os queda algo por decir.

—No —confesó arriesgándolo todo. ¿Para qué ocultarle nada a su padre, con el cual le unió siempre toda la confianza del mundo?—. No, papá. No nos queda nada apenas que decirnos.

—¿Y vas a soportar la vida así?

—No lo sé.

—Bueno, es que eso sería demencial. Que eso ocurriese hace veinte años, pues me quedaría dolorido y encogido sin saber qué aconsejarte. Pero que suceda hoy y lo soportes, no me parece lógico ni humano.

—Bernardo duda de mí.

—¿De ti?

—Sí.

—Pero, ¿le has faltado alguna vez?

—Jamás

—Entonces es que él te está faltando a cada rato.

—¿Qué dices?

—Si él piensa que le faltas tú y no le das motivo para pensarlo, ¿por qué creer en su honestidad?

—Bernardo no tiene amantes, si te refieres a eso. Es frío, calculador, egoísta... Pero no tiene amantes.

Vicente Junquera se alzó de hombros desdeñoso.

—Puede que no tenga amantes y hasta juraría que es cierto, que no las tiene, pero es médico y los asuntos sucios le van a la clínica.

—Pero papá...

—Bueno, ¿para qué desmenuzar eso? No me importa ni quiero. Aquí de lo que se trata es de ti. Tienes que plantearle la cuestión. Una separación, una nulidad y asunto concluido. No estarás embarazada, ¿no?

—No, desde luego.

—Pues todo tiene fácil solución. Al menos eso es lo que yo pienso. ¿Qué piensas tú al respecto? ¿Le quieres? Porque yo juraría que no. Que has dejado de quererle rotundamente.

Tati reflexionó un segundo.

—Sí, eso es verdad, papá. Hasta dormimos en habitaciones separadas. El asunto, entre ambos, ha muerto hace tiempo. No se murió de golpe, ¿sabes? Se fue muriendo paulatinamente.

—Entretanto tú te enamorabas de tu amigo Nicolás.

—Es posible.

Y de repente ya pensaba que sí, que era así como decía su padre.

Pero lo curioso es que era verdad y que Bernardo no hizo nada por atraer su cariño ni por conservarlo, y ella buscó una amistad sincera que oía sus lamentaciones.

* * *

Hubo un silencio y como él terminaba la cerveza y ella el cóctel y el camarero les advertía que tenían la mesa preparada, ambos, automáticamente, se levantaron.

Vicente pasó un brazo por los hombros de su hija y la llevó mansamente hacia el comedor.

—Hay médicos honestos —decía el padre sentándose enfrente de ella— y hay médicos que no lo son. Si a tu marido le obsesiona la consulta y aún las mujeres que recibe y las oportunidades que tiene, tú no le haces ninguna falta. Y al no hacérsela no se preocupa de entenderte. Dices que duda de ti. ¿Por qué? Como hombre debiera conocer tu honestidad, como marido respetarla y como persona admirarla. Y no hace nada de eso. Duerme en casa como si fuera un huésped y maldito si tenéis ya nada que deciros. A tu edad, ¿vas a renunciar al amor, o la comprensión, a la comunicación con tu pareja? Sería totalmente absurdo. Yo ando por esos mundos todos los días, conozco gentes y vivo una existencia apasionante. No soy un tipo anticuado, la vida me demostró mil veces que hay que vivirla y si uno no la vive que se muera y acaba antes. Pero ceñir la existencia a un deber que se tiene prendido con alfileres y que no reporta ni satisfacción, ni placer, ni goce, ni siquiera alegría, me parece una monstruosidad. Bernardo no te necesita, eso está claro. O si necesita una mujer, no será como tú. Es posible que si su esposa fuera enfermera y se pusiera a trabajar con él, sus estúpidas aberraciones cambiasen o no existiesen.

—Papá —se alteró Tati—, estás hablando en supuesto.

El padre meneó la cabeza enérgicamente:

—Yo no hablo nunca en supuesto. Yo suelo ver lo que se calla u oculta la gente. Tu marido es así como yo te digo. Y como tú eres catedrática y no tienes por qué ser enfermera para sostener un matrimonio que no te va, tienes todo el derecho del mundo a realizarte como persona, y lo estás logrando en tu profesión.

—Lo cual quieres decir que me aconsejas...

—Ya te lo he dicho. Aborda el asunto sin ambages. Si la cosa se pone fea alude a sus suciedades en la consulta.

—Papá, ésas las supones tú.

—Esas son así y nada más. Si un marido enamorado es capaz de dejar que su mujer duerma sola, es que no la necesita. Y si no la necesita es que está saciado de sexo. Y, por supuesto, es que no ama a su mujer. No amándote, no amándolo tú, ¿qué papel es el tuyo y el suyo? Absurdo. Es más, déjame que sea más crudo, rudo y ordinario. Yo no te censuro si dejas a tu marido y pasas a vivir con Nicolás.

—Papá...

—Es la pura verdad, hija. No pretenderás morderte tus ansiedades naturales de mujer por el qué dirán. Yo siempre me he reído del qué dirán y cuando pase el tiempo, el reglamentario, pides el traslado a otra ciudad. Madrid es grande, aturdida pero interesante, y allí estaríais muy bien

Nicolás y tú. ¿Que no podéis casaros de momento? Pues vivís y en paz.

—¿Te das cuenta de los consejos que me estás dando?

—Sin duda. Nunca me agradó Bernardo. ¿Razones? Pues no las sé. Es la primera vez que se me escapó una cosa así y además tan importante para mí, puesto que eres mi hija. Pero ahora ya sé lo que le falta y le sobra a tu marido. Sin más. ¿Para qué ahondar en el asunto? No es limpio, ni agradable. Pero me consta.

Y, como les servían, ambos empezaron a comer. A media comida el padre volvió a insistir:

—Si necesitas dinero para la nulidad, te dejo una cuenta corriente abierta en un banco. Usa todo el dinero que te haga falta, pero es que yo, cuando clausure la exposición aquí tengo otra en París y debo volver allá. Ya me dirás si sigues aguantando las memeces de tu marido o haces lo que el cuerpo, el alma y el ser entero te pide. Claro que tú —y la apuntaba con el cubierto— aún no te has preguntado por qué Nicolás te merece toda la confianza del mundo. Pero yo sí lo sé. Lo amas. Te has ido enamorando de él a medida que ibas dejando de querer a tu marido. ¿Que quién tuvo la culpa? Desde luego, tu marido que no supo entenderte ni retenerte. El amor empieza por la confianza que uno se tiene al otro y por la libertad que imparte la pareja por separado. Nada hay presionado, nada hay violento. Todo es natural porque con naturalidad se siente y se vive del mismo modo. Tú perdías la comprensión de Bernardo y poco a poco ibas hallando en Nicolás tu ideal de hombre. Eso es todo. Así de simple, Tati. Y te he invitado a comer para ayudarte a abrir los ojos, porque igual te pasabas la vida haciéndote preguntas sin hallar respuestas.

—Eres de una crudeza que aplasta y estremece.

—Una crudeza real. Al pan, pan y al vino, vino. Y el que no acepte las cosas así, está listo.

Siguió hablando mucho tiempo de aquello y a las cuatro los dos salían a la calle.

—Espero verte mañana en la exposición —le decía al despedirla antes de subir a su coche—. No espero que vayas con Bernardo —rió de buena gana—. Tendrá su consulta abierta...

Tati regresó al instituto.

Tenía clase a las cuatro en punto y entró en ella cuando ya todos los alumnos esperaban. Se disculpó por sus minutos de tardanza y empezó a impartir la clase. Como por la mañana, estaba un poco ida. Resultaba terrible todo aquello. Era un problema a resolver. No tenía dilación.

Y tampoco era ella de las que retrocedían ante un caso así. Una cosa se moría, se enterraba y se olvidaba.

Y no quedaba nada más.

Un recuerdo nebuloso y no siempre grato. El de ella no iba a serlo. No lo estaba siendo ya.

Cuando salió de clase se topó en los pasillos.

Con Nicolás.

Se miraron como si se vieran por primera vez. Después, mudamente, se juntaron y salieron uno al lado de otro.

12

—No tengo auto —le dijo al llegar a la calle—. Se me ha roto el embrague y no lo tendré listo hasta mañana. ¿Me llevas de paso para tu casa?

—Claro.

Y subieron juntos.

Ella puso el auto en marcha. Estaba cohibida. Nicolás, mirándola, comentó a media voz.

—Me gustaría llevarte a casa a tomar una copa, Tati. La sirvienta no está hoy porque es jueves y se va a ver a sus hermanos a la aldea. No te estoy proponiendo nada censurable.

—Lo sé.

—Tati..., no puedes someter tu vida a una represión así. Lo entiendes, ¿verdad?

—Sí.

—¿Qué vas a hacer?

—Lo plantearé hoy mismo —dijo y añadió quedamente—: Papá dice que estoy enamorada de ti.

—Tu padre tiene razón.

Tati lo miró con rapidez.

—¿Lo sabías tú?

—Sí, como sabía lo que me ocurría a mí. Nacía sin querer, Tati. En realidad debió nacer cuando iniciabas la carrera y yo preparaba mis oposiciones. Te llevo algunos años y me ocurre un poco como a tu padre, a fuerza de conocer gentes, vas leyendo en sus psicologías. Tú no te dabas cuenta, pero yo sí me la daba. Tu amor por tu marido iba muriendo. Me lo decías sin decírmelo todos los días. Y nacía en ti la necesidad de comunicación... y yo estaba allí para oírte y te oía porque me gustaba muchísimo escucharte y poderte consolar. No he podido gran cosa, porque tendría que poner al descubierto mis sentimientos y no me parecía oportuno. Eso nace cuando tiene que nacer y de nada vale ir buscándolo si no nace por sí solo.

Deslizaba una mano hacia el volante donde ella apretaba los dedos. Los oprimió con íntima ternura.

—No sé lo que dirás tú de mí y de ti misma, Tati, pero yo te propondría conocernos un poco más antes de decidir nuestras vidas. Puede ocurrir que yo te decepcione.

Le miró con rapidez.

Le entendía.

—¿Y si te decepciono yo a ti?

—No... Tú a mí no. ¡Nunca!

Y al apretar aún más los dedos que sujetaban el volante, parecía decir en silencio todo lo que sentía y le hacía sentir a ella.

Después, silenciosamente, la atrajo hacia sí y con lentitud le buscó los labios con los suyos abiertos. Fue como si algo estallara y ardiera.

Los labios se apretaron unos en otros con desesperación.

Tati nunca jamás, en toda su vida, sintió aquel arrebato, aquella agitación, aquella excitación subirle por el cuerpo, estallarle en las venas y aturdir las palpitaciones de sus sienes.

Fue, exactamente, como si Nicolás la estuviera poseyendo y en el éxtasis de la posesión lo sintiera ella todo.

No la soltó. Sólo apartó la cabeza para mirarla a los ojos. Fue una larga mirada, elocuente, vergonzosa, y a la vez llena de un íntimo gozo.

—Después se lo digo, Nicolás.

—¿Cómo? ¿Qué quieres decir?

—Esta noche se lo diré a Bernardo.

Pero no dijo qué cosa iba a decirle.

El ascensor se detenía y ambos salieron en silencio.

Los dos estaban profundamente emocionados. Era como si se descubrieran por primera vez y realmente algo de eso ocurría, porque como hombre y mujer sí se descubrían.

—Pasa —dijo él quedamente.

Y la empujaba con suma blandura y delicadeza.

Tener a Tati allí era como tener la vida y estuviera a punto de perderla y al recuperarla la valorara justamente como se merecía.

—Te mostraré la casa. Berta me cuida, ¿sabes? Pero los jueves se va a parlotear con su hermana. En realidad yo siempre la vi en casa, junto a mis padres. ¿Te dije alguna vez que mi padre fue marino?

—No. En realidad —decía quedamente— tú lo sabes todo de mí, pero ¿qué sé yo de ti?

—Creo que sólo te faltaba eso por saber, que mi padre fue marino y que no murió viejo, que mamá falleció a los dos o tres años. Yo me quedé con Berta. Después, cuando saqué cátedra, me fui a vivir lejos destinado, y andando el tiempo logré volver a mi ciudad natal.

—¿Sabes qué dice papá?

—No tengo ni idea.

—Dice que un día debemos pedir los dos para Madrid.

—¿Y por qué? Lo esencial es quererse y necesitarse. No estamos en la época en que ciertas

118

cosas no se toleran. Yo nunca viví para el exterior, sino para mí mismo. Yo soy soltero y no tengo cuentas que dar a nadie y tú eres casada y tu marido no te entiende en absoluto. ¿Por qué sacrificar una sola vida que tenemos?

La cerraba contra sí.

Nunca supo cómo fue.

Ocurrió lo que tenía que ocurrir.

Lo que ambos tenían previsto silenciosamente que ocurriera.

Fue como un deslumbramiento, como una revelación.

Se preguntó si conocía ella el amor.

Al hombre.

Ni conocía el amor ni al hombre. Pero todo lo conoció aquella misma tarde, y ya muy tarde, acompañada por Nicolás dejó la casa.

* * *

Estaban los dos derechos en el portal.

Se miraban con intensidad.

—Tati, ¿qué vas a hacer?

—Dejarlo. Pedir la separación y la nulidad. Espero que él esté de acuerdo.

—¿Le dirás la verdad?

—Sí.

—Hoy.

—Supongo, con lo desconfiado que es, se estará preguntando adónde he ido.

—Tati...

—Dime.

—¿Te pesa?

No.

Nunca.

Había conocido un goce de la vida que hasta entonces le estuviera reservado. Además, se había revelado ante sí misma como una mujer apasionada y vehemente.

¿Qué había sido todo lo anterior?

¿Un juego absurdo?

—Tati, no me contestas.

Y le ponía una mano en el hombro deslizándola hacia el seno.

—Tati, me gustaría penetrar en tus pensamientos.

—Estás penetrando.

—¿Estás segura?

—Sí. He sido feliz. Feliz... Yo no conocía el amor, Nicolás. Ni la pasión, ni esa entrega absoluta. ¿Qué conocía yo de la vida? Nada. Tal como la veo y la siento ahora, nada.

La apretó contra sí.

—Mañana nos veremos en clase.

—Posiblemente tome la maleta esta noche, Nicolás.

—¿Así?

—¿No quieres?

—Claro. Pero... ¿y si te pone pegas?

—¿Con qué razones? ¿Acaso no tengo derecho a ser feliz a mi modo? ¿Puede nadie obligarme a enterrar mi vida en su monotonía? ¿En la tremenda y abrumadora monotonía de mi marido? No tengo hijos. ¿Quién me retiene? ¿Tiene alguien derecho a sojuzgarme?

La contemplaba deslumbrado buscándole los melados ojos en la oscuridad. Tenían chispitas negras. Brillaban de forma inusitada. Es más, ni siquiera, cuando empezó a quererla, se imaginó que fuese así. ¿Cómo era posible que su marido no la descubriera? Porque le constaba que no lo había hecho, ya que de hacerlo jamás la habría dejado escapar.

Y Tati había escapado.

Se había dejado llevar por el instinto de la vida.

Y de haber tenido un marido que la comprendiera, jamás una mujer como Tati lo habría dejado.

No fue talmente falta de amor. Fue falta absoluta de atención, de comunicación, de comprensión y de pasión.

Le asió la cara con las manos y le buscó la boca. Se la besó largamente y después ella se soltó y subió a su auto.

—Mañana te veré.

—¿Y no hoy?

—Será más bien mañana.

—¿No se lo vas a decir hoy? —preguntó ansioso Nicolás, pegado a la ventanilla,

—Sí, de cualquier forma que sea, fuere cual fuese su reacción, le dejaré. No creo que a Bernardo le duela tanto.

Puso el auto en marcha y se alejó.

Se sentía otra mujer.

Llevaba en sí como un calor sofocante.

Una ansiedad compartida. Un haber dado cuanto era y tenía y un haber recibido tanto o más que daba y tenía.

¿Qué había conocido ella del goce de la existencia?

Una parodia.

Una broma pesada.

Estuvo a punto, si no acude su padre a abrirle los ojos, de desperdiciar la única vida que tenía.

Y nadie, nadie podía evitar que ella viviera como deseaba.

¿Acaso tenía deberes sagrados?

No tenía hijos.

No hacía daño a nadie. Estaba claro que Bernardo no la necesitaba.

No, no pensaba ocultárselo. ¿No dudaba de ella?

Pues dudaría por algo.

Tampoco le importaba lo que dijera el mundo. Ni lo que pensaran sus compañeros.

¿Acaso, sin haber ocurrido nada, no los asociaban ya sentimentalmente?

Claro que sí. Si siempre estaban juntos.

Por el qué dirán, ella no iba a renunciar a la felicidad y desde luego pensaba hacerlo a cara descubierta.

Y el primero en saberlo sería su marido.

Metió el auto en el garaje y después de estacionarlo subió por la rampa y salió al exterior.

Respiró a pleno pulmón, después lanzó una breve mirada al reloj de pulsera.

Eran las once en punto.

13

Abrió con su propia llave y dejó la carpeta y el bolso sobre la consola para despojarse de la zamarra.

Después asió de nuevo bolso y carpeta y entró en el salón. Vio a Bernardo hundido en un sofá ante el televisor.

Al sentir sus pasos volvió la cara. Estaba ceñudo. Sus ojos despedían ardientes llamaradas.

—¿Has tenido un accidente? —preguntó guasón.

Ella avanzó y se sentó enfrente de él y automáticamente bajó el sonido de la televisión.

—No, Bernardo. No he tenido ningún accidente. Al menos inesperado y casual. Si lo he tenido ha sido porque lo he buscado yo.

Bernardo no entendía, alzó una ceja.

—Has dudado mucho de mí. No entiendo aún por qué —continuó Tati, breve y nada amablemente—. Siempre he sido fiel y honesta y jamás pasó por mi mente hacerte una traición o serte infiel.

Él la miraba sin pestañear.

—¿Y bien, Tati?

—Ahora sí te lo he sido.

Bernardo se levantó como si lo impulsara un resorte.

—¿Qué dices? ¿Estás loca?

—¿No lo sospechabas tú todos los días sin que ocurriera?

—Pero...

—Verás, voy a remontarme a algunos meses o tal vez dos años atrás. Empecé las clases y allí me topé con un amigo. Un amigo de cuando yo iniciaba la carrera y que entonces él preparaba la oposición a cátedra, porque usó el mismo método que yo, estudió y preparó la oposición para que todo estuviera maduro y supiéramos por dónde íbamos. Yo la saqué a la segunda vez, él a la primera. No es que yo buscara una amistad frívola, es que buscaba una persona con quien hablar, todo eso que me callaba en casa y que tú nunca preguntabas.

—¿Adónde vas a parar?

—Termino en seguida. Se lo contaba a mi amigo y sin darme cuenta me fui apartando de ti y acercándome a él. No sé si la vida, la analogía de pensamiento, nuestros caracteres, esa comunicación que tú no me diste... Ya sabes.

—¿Saber? —y como un loco gritó—. ¿Pero me estás diciendo que me has sido infiel?

—Pues sí. Hoy, por primera vez —dijo serenamente—. No lo hice por capricho o curiosidad. Lo hice por sentimiento. Tú te fuiste matándote a ti mismo. Poco a poco. No sé si dándote cuenta o no dándotela, pero lo cierto es que te mataste y lo peor no es eso, es que mataste todo lo bueno que había en mí para ti. ¿Por tus dudas? Pues no, ni siquiera por eso. Por tu falta de comunicación conmigo, por tu pasividad pasional. Por ese pasar por la vida como si tú y yo, en vez de dos personas humanas, fuéramos dos marionetas de cartón. Verás, no te sulfures. Tratemos esto como dos personas civilizadas. Tú eres una persona culta y preparada. No creo ni que me mates ni que tomes el asunto a gritos. Tampoco te pregunto si tú me has sido fiel durante este tiempo. ¡No me importa! Eso te indica a qué grado de indiferencia me ha llevado tu desinterés por mí. Nuestro matrimonio fue una rotunda equivocación. Pero hay algo que se puede remediar. No tenemos hijos. No lastimamos a terceros, no vamos a traumatizar a nadie. Por lo tanto, lo mejor es una separación y una nulidad cuando pueda alcanzarse, que supongo será pronto dado el escaso entendimiento que tuvo lugar entre nosotros. Se pueden aducir un montón de cosas para conseguirlo, pero si quieres te dejo aducir que yo te he sido infiel y que contigo nunca tuve demasiado o ningún entendimiento. No, no me mires con ese espanto. Ya sé que temes el ridículo entre tus amigos. Que te fatiga la sola idea del qué dirán, pero convendrás conmigo que no podemos supeditar nuestra existencia y nuestra felicidad al parabién o para mal de las gentes.

—¿Quiere decir que me vas a dejar?

—Pues sí.

—Tú estás loca. ¿Qué pensará el mundo? ¿Y mi prestigio?

—Ah, claro, tu prestigio. Eso es lo único que te interesa a ti. Pues no, a mí me interesa más la felicidad y la comprensión. Soy joven y tengo derecho a vivir la vida como corresponde a mi edad y a mi condición femenina. No pensarás que para que callen tus amigos, para mantener incólume tu prestigio, voy a dormir yo todo el resto de mi vida sola en ese cuarto.

—A ti sólo te dominan las pasiones humanas.

—Es que son esenciales, pero no me dominan. Es todo en conjunto lo que me atrae de otro hombre y lo que hizo que me enamorara de él. Pero, por supuesto, que no descarto la pasión humana que es, en esencia, un factor importante para endulzar y hacer más llevadera la vida. Lo extraño es que tú no pienses igual.

Lo vio moverse inquieto.

—Después de conocerte bien y conocer la diferencia de tu amor y mi amor de hoy, tengo que pensar que tú estás desprovisto de pasiones o que si las sientes son distintas a las mías. Por supuesto, no te considero capacitado para tener una amante.

—¡Tati!

—De modo que, aun con lo que yo pienso en ti, si la tuvieras a mí no me importaría en absoluto. Creo que con esto te lo digo todo.

—Iré a ver a tu padre ahora mismo.

—Pues sí que puedes hacerlo. Yo ya me retiro. Es posible que mañana, cuando regreses a casa, yo ya no esté en ella y tenga planteado o a punto de plantear la separación. Pero si quieres adelantarte tú, ve a ver mañana temprano a tu abogado. Por que si tú no lo haces, lo haré yo.

—Tú me amabas —se defendió Bernardo indignado.

—Sin duda. Soy una persona incapaz de entregarme sin amor. Pero tú has ido matando esa chispa que se encendía. La has convertido en cenizas calcinadas. Lo siento, pero no tiene remedio.

* * *

Súbitamente Tati lo vio dirigirse a la puerta y ponerse el gabán presuroso.

Iba indignado.

Sin duda sabía que ella reflejaba la verdad, pero una cosa era eso y otra ponerlo en evidencia en una ciudad donde él era una persona conocida y ella no era ninguna desconocida.

Se sentía vejado y humillado de modo que lo decidió en un segundo. Tati podía estar atrofiada por una atracción pasajera sexual, pero el padre era un hombre lúcido y sabía dónde pisaba y tenía un razonamiento aplastante.

Iría a verle.

No supo ni cuándo subió a su auto ni cuándo frenó ante el estudio de su suegro.

Tal vez no lo encontrase. Vicente Junquera hacía su vida, y si bien jamás dio un escándalo, nadie ignoraba que vivía a su aire y tenía sus amigas íntimas.

Cuando pulsó el timbre de la puerta temió que no le respondiera nadie, aunque pensó también que al día siguiente exponía, y Vicente era de los que hacía de anfitrión en sus exposiciones, por lo que preferiría estar descansado.

Oyó pasos y en seguida se abrió la puerta apareciendo Vicente en pijama, batín y chinelas.

Bernardo entró despojándose del gabán.

—No tienes muy buen semblante —adujo Vicente flemático—. ¿Te ocurre algo? ¿O es que se te contagiaron los dolores de tus parturientas?

—Vicente, tu hija me ha sido infiel.

—Oh.

—¿Qué dices tú a eso?

—No lo sé. Primero tendré que preguntarte si tú has cumplido con ella como te corresponde.

—Yo he sido un marido fiel.

Verás, eso según se mire. Siéntate, Bernardo. Supongo que querrás hablar de ese asunto con calma, porque de nada sirve exaltarse. ¿No te parece?

—Estoy pensando que no te asombra en absoluto que mi mujer me haya sido infiel y que quiera irse a vivir con otro hombre.

—No demasiado. Verás, Bernardo. Yo soy un hombre mundano y a veces curioso. Tengo muchas amigas y muchos amigos en todas partes. Y aquí en particular, porque aunque me ausente, suelo dejar buenos recuerdos y los amigos y amigas no me olvidan. No sé si estás entendiendo. Tú vienes y me dices que Tati te ha sido infiel. Yo te pregunto por qué. Cuando una mujer está casada, es de la madera de Tati y está satisfecha de su marido, no se le ocurre pensar en otro. ¿A que sí? Pues, entonces, no le eches toda la culpa a ella.

Después te diré por qué he mencionado a mis amigas. Pero ahora te responderé a mi modo de ver el asunto, a lo que tú me dices de la intimidad de mi hija para contigo. En primer lugar no debes olvidar que yo soy un tipo masculino, si los hay. Me quedé viudo, pero eso no significó que renunciara al amor y la posesión de las mujeres. Muy al contrario. Mientras estuve casado le fui fiel a mi mujer y cuando me quedé solo empecé a conocer montañas de mujeres. No engañé a nadie, eso es verdad. Fui con ellas cuando quisieron y sabiendo además que yo no me volvía a casar. Eso te indica que fueron porque quisieron o les gusté. Yo me dejé querer y lo paso divinamente, pero al tiempo que vivo voy conociendo gentes, posturas, situaciones, negativas y positivas. Mi hija no dormía en el cuarto conyugal. Ésa ya es una postura negativa por tu parte. ¿Verdad que sí?

—Pues... —se agitó Bernardo— se fue ella.

—Pero a ti no se te ocurrió ir a buscarla.

—Pues...

—No, claro. En primer lugar déjame decirte que cuando una mujer se va del cuarto de su marido es porque el marido la empuja a ello y el volver depende casi siempre de aquél. O de la mujer. Pero para que eso ocurra tiene que existir entendimiento en las dos partes. Y claro, cuando el entendimiento no existe, tampoco existe la pareja, sólo existe un papel amarillento que dice que un hombre y una mujer están casados, pero por desgracia ese papel no indica si la pareja se entiende. Yo puedo decirte que para mí ese tipo de papeles son una falsedad cuando van acompañados del amor y la ternura. Muerta ésta, ¿qué queda? Un compromiso legal. ¿Es suficiente? Debiera serlo, pero desgraciadamente no lo es porque somos humanos y como tales obramos y como tales necesitarnos amor, comprensión, comunicación y pasión. Todo junto, ¿sabes? Porque por separado nada vale nada. Esto te dije como primera medida, como segunda habría mucho que decir de las falsedades de la vida. Parejas que por el qué dirán viven juntas y pecan más que si vivieran separadas, porque no se quieren y pretenden hacer ver a la sociedad que son la pareja mejor avenida del mundo. No estoy por ésas. También podría decirte que si Tati te fue infiel tú la empujaste a la infidelidad. Pero ahora hay algo más, Bernardo. Algo que puede hacerte callar y aceptar la situación porque si esto rompe, como dices, tu prestigio como médico te lo rompería más lo que yo sé.

Bernardo se fue levantando poco a poco.

—Verás, Bernardo, una cosa es ser hombre y serle infiel a una mujer por narices, porque te da la gana, porque de repente te apeteció una tía. Y otra muy distinta abusar de su profesión para tus aberraciones.

Bernardo, palidísimo, se había levantado del todo.

Quedó tieso como un palo.

Pero Vicente Junquera no se ablandó en absoluto. Al contrario, su voz se endureció:

Causaba sorpresa escuchar aquel arpegio duro de voz en un hombre que era la amabilidad misma.

—Puedes volver a sentarte si estás cansado, Bernardo, de cualquier forma que sea yo ya no voy a callarme. Has venido a decirme que tu mujer, mi hija, te ha sido infiel. Sí, es posible. Es más, lo creo. Te diré algo más. Como es mi hija y no tengo más que ésa y además la quiero muchísimo me preocupé de ella siempre, pero más desde que regresé y noté en su semblante que la felicidad y ella eran antagonistas —guardó silencio para añadir ya apacible—: Ah, pero ¿no tomas asiento?

Y se le quedó mirando de forma rara.

Bernardo tuvo miedo de aquella mirada.

14

Pero era tan electrizante que no se atrevió a moverse.

Vicente, mansamente, añadió:

—Nunca me gustaste, ¿sabes? Siempre me pareció o que te faltaba algo o que te sobraba, de modo que me fui preocupado. Volví. Parecía que todo marchaba. No bien, pero iba marchando. Si marchaba, ¿quién era yo para inmiscuirme en la vida de Tati y la tuya? Nadie. Pero esta última vez las cosas me parecieron mucho peor. Y entonces sí metí las narices. Y cuando yo meto las narices en las cosas, las meto hasta el fondo y, claro, las metí.

Bernardo estaba de pie, pero de tan tieso parecía que iba a romperse.

—Como primera medida me di cuenta de que había un hombre, un amigo de Tati que la quería de verdad. No de broma ni de pacotilla. Como se quiere una sola vez en la vida. Y después, tratando a Tati también vi que ella le correspondía. ¿Por qué? Pues pensé: «Porque el marido no la hace feliz». Y aún seguí preguntándome: «¿Por qué demonios, no la hace feliz el marido?». Y como soy así de curioso, encima aún me pregunté algo más: «¿Qué ocurre con el marido para no estar loco por una muchacha como Tati?». Porque yo seré padre de ella, pero cuando la observo lo hago imparcialmente y me parece, además de una chica preciosa, joven e inteligente, capaz por su carácter bondadoso de hacer feliz a cualquier hombre por exigente que sea. ¿Voy bien, Bernardo, o me desvío?

Bernardo no supo qué responder.

Vicente no tuvo interés alguno en que respondiera. En realidad le faltaba darle el tiro de gracia a Bernardo y no iba a dudar en dárselo para quitarlo de delante para siempre.

—Todas esas respuestas a las mudas interrogantes que yo me hice las sabrás tú. Yo por mi parte sé otras, y para tener la fiesta en paz y para que calles y dejes a Tati vivir su vida y aceptes la nulidad matrimonial que Tati te planteará en seguida, te diré algo que ella no sabe ni quiero que sepa jamás. Yo te mandé mujeres solas a tu consulta, ¿sabes? Fueron unos cuantos ganchos. Tenía intención de conocerte como medio hombre o como medio atronado sexual. Serás buen médico y no te lo voy a negar. Pero no haces una vocación de tu profesión. Haces un placer mezquino. ¿Me entiendes, no es verdad?

Bernardo estaba rojo como la grana.

—Como padre de Tati necesitaba saber qué diablos te ocurría a ti para que tan fácil te fuera pasar sin tu propia mujer, y lo supe. Como médico que eres, ¿qué quieres que te diga yo que soy un profano en la materia? Pero, mira, chico, yo cuando quiero ir con una tía, voy con todas las de la ley, pero jamás se me ocurrió meterlas a rayos como haces tú y después ocurre todo lo demás. Por supuesto, las mujeres que yo te mandé solas no tenían nada que perder, pero yo supe del maldito pie que cojeabas tú. Cuando van acompañadas de sus maridos, las tratas con suma delicadeza y, claro, esas personas hablan estupendamente de ti. ¿Pero eres capaz de negarme lo que haces cuando va a tu consulta una mujer sola?

Bernardo bajó la cabeza pálido como un muerto.

—Y eso si bien se lo insinué a mi hija, fue tan inocente que no lo entendió. Tú sí lo entiendes, y ahora puedes irte si gustas y si tienes la desvergüenza de impedir los pasos que dé Tati desde este instante, por Dios que me las arreglaré para denunciarte y desprestigiarte, en cambio sí que si te opones, maldita sea, te desprestigio yo.

Seguidamente fue hacia la puerta y la abrió de par en par.

—¿Necesitas saber algo más?

Bernardo asió el gabán y salió como si lo persiguiera el mismo demonio.

Tati estaba en su cuarto sola cuando lo oyó llegar.

Pensó que vendría hecho un basilisco, pero no.

Lo oyó irse a su cuarto y después cundió un absoluto silencio.

Ella se preguntó adónde iría Bernardo aquella noche, pero lo cierto es que nunca lo supo porque su padre no se lo dijo.

Ni tampoco Nicolás dijo que él lo sabía.

Sólo supo que las cosas se desarrollaron sin tropiezos y que un día, harta ella ya de vivir con Nicolás en su casa ¡sin más!, Bernardo le envió un recado diciéndole que la separación estaba en marcha y también la nulidad.

Nicolás y ella no se ocultaban de nadie.

Que cada uno pensara lo que les diera la gana de sus vidas.

Ellos vivían. Un día cualquiera, dos o tres después de haber sido franca con Bernardo, asió su maletín, metió en él sus cosas y se largó.

Sin decir ni adiós.

Tampoco Bernardo la reclamó, lo cual no dejó de extrañarle, pero como era muy feliz, el silencio y la concesión de Bernardo los olvidó por entero.

Fue aquel verano, próximas las vacaciones cuando Nicolás se lo dijo:

—Se marchó tu marido de la ciudad.

—¿Qué dices?

—Eso. Se fue.

—Pero si tenía aquí montada su consulta y su clientela.

—Sin duda. Pero el caso es que se fue y que todos los documentos legales siguen su marcha. Nada se ha detenido por ello.

Adoraba a Nicolás.

Cada día más.

Era como si estuviera viviendo en tinieblas y de repente se hiciera la luz y todo lo iluminara.

En el instituto había algunas profesoras que no la saludaban, pero eso carecía de importancia. Es más, ella y Nicolás e incluso su padre se reían de aquel estado de cosas que dependía ya de un tiempo pretérito que nada tenía que ver con la actualidad.

No obstante, quedó más tranquila cuando supo que Bernardo había levantado su consulta y se había ido.

La separación le llegó pronto, pero no así la nulidad que necesitaba trámites más extensos y exhaustivos.

Sin embargo, pese a todo y contra todo, ella vivía con Nicolás y Berta la quería ya como si realmente fuese la esposa de aquél.

Pero... ¿no era ella la esposa de Nicolás?

Lo era. Se sentía así.

Sin más.

Que el mundo dijera lo que quisiera.

El caso era lo que sentían ellos, lo que pensaban, los proyectos que tenían.

Su padre, aquel invierno, se quedó en la ciudad y su hija no supo nunca por qué. Pues se quedó por eso.

Para demostrar a la sociedad de aquella capital de provincias que él estaba totalmente de acuerdo con lo que había hecho su hija.

¿Quién podía entrar en la interioridad de las cosas, las causas, los porqués?

Por eso no debemos hablar nada de nadie. Ni juzgar sin saber.

Tati tenía motivos más que sobrados para hacer lo que hizo, pero, como siempre ocurre, no se puede ir contando a cada uno lo que pasa.

* * *

Fue durante el verano.

No habían transcurrido tantos meses cuando Nicolás y Tati pasaron a Francia y se casaron por lo civil en espera de la nulidad.

Que aquélla llegara cuando quisiera.

Ellos eran intensamente felices.

Nicolás y Tati se fueron de viaje despidiéndose de su padre, el cual, a su vez, se marchó a Italia.

Aquel día, ya marido y mujer ante un juez, Nicolás llevó a Tati al hotel y le dijo algo al oído.

Ella se agitó estremecida.

—¿De veras quieres?

—Quiero.

—¿Estando sólo casados por lo civil?

—¿No somos la pareja humana que se entiende en todos los sentidos?

Sí, claro.

Eso era verdad.

Tan verdad como que ellos eran dos seres humanos insaciables de su ternura, su pasión y su cariño.

Aquella noche Nicolás le buscaba los labios en aquel hacer suyo cálido y vehemente.

Ella abría los suyos.

Se relajaba bajo su cuerpo.

—Tati, ¿no te apetece?

No sabía.

¿Un hijo de Nicolás?

Sí, ¿por qué no?

Todo era distinto.

Nicolás era su hombre para toda la vida.

¿Cuándo sintió ella aquella plenitud?

Jamás.

A la sazón sí.

Era absoluta.

Física, moral, psíquica..., vehemente, apasionante...

Se pegó a él.

Veía oscilar la lámpara.

Le parecía que tenía mil colores.

No sabía casi dónde estaba.

—En París —decía él quedamente.

—Nicolás.

—Dime, querida.

—¿De veras quieres?

—Sí.

—¿Sin casarnos de verdad?

—Estás casada, aunque muchos digan lo contrario.

—Me gustaría que viniera antes la nulidad.

—Esos tramites son largos, Tati.

—Y tú...

—Quiero un hijo tuyo, ¿No puedo quererlo? ¿No debo?

Se apretó contra él.

Era cálida la estancia del hotel.

Hacía calor, sí, o lo sentía ella afluyendo de dentro.

Se relajaba bajo su cuerpo.

Sentía en sus labios la boca de Nicolás.

Aquella boca hábil que tanto evocaba, que tanto decía, que tanto hacía sentir...

—No lo impediré —le dijo quedamente.

—Así se hace.

Y ponía todos los medios para que aquel hijo se engendrara.

Era inefable vivir así, sentir así.

Gozar así.